英勇開口，交流為主，流暢達標

擁抱國際背包客到世界公民，提升職涯價值

環球「薪」遊牧者

玩轉英語會話

─直覺中文拼音＋秒懂句型─

線上音檔
QR Code

著名作者
里昂

「薪」遊牧，環球趨勢
英語學好，走向世界

U0080262

山田社

前言
» preface «

將工作帶到世界各地，環球「薪」遊牧者，已經是當今趨勢。
勇敢探索世界，世界將擁抱你！
出國前必備的旅行英語；在各種場景中輕鬆交流
尋找人生突破口？出國工作就對了！英語學好，走向世界！
打破舒適圈，挑戰世界舞臺，讓英語為你加冕！

夢想征服世界，卻被英語恐懼困住？
國外機會就在眼前，英語不佳讓你焦慮不已？
囫圇吞棗學過無數單字，卻仍害怕開口？

拋開「囧英語」的枷鎖，展翅高飛！

其實，人們更在乎的是真誠與有效的溝通，
而非你的英語達人程度！
不再讓發音成為你語言征途的絆腳石，
勇敢地在國外開口說英語，展現自信風采！

本書將開啟：

★ 50 個強大的實用句型秘籍，輕鬆更換單字，讓你語言能力瞬間升級！
★ 獨家直覺式中文拼音＋專業朗讀，讓英語新手迅速學會並牢記。
★ 9 種短小卻精緻的日常招呼語，彬彬有禮的交流就在眼前！
★ 8 大旅遊會話主題，無所不包，滿足你的一切生活所需！

　　讓本書為你的英語知識庫注入活力，讓你輕鬆應對各種場景！只需掌握中文拼音，加上專業美籍老師的純正發音，讓你在國外旅行如魚得水，交流更得心應手！一本神奇的書籍引領你遨遊世界，英語再也不是障礙！

本書驚艷之處：

驚艷之處 1：50 個絕妙基礎句型，助您翱翔全球，暢行無阻！

　　外語學習的極致目標即是無拘無束的溝通！本書精心策劃 50 個初級會話句型，搭配生動例句，助您快速掌握應用秘訣。一旦理解核心概念，口語交流將如行雲流水般流暢。靈活換上不同關鍵字，巧妙運用所學句型，初學者也能輕鬆應對各種場景。擺脫沉悶的理論，讓您的英語口說能力瞬間躍升。與外國朋友輕鬆暢談，一切皆在掌握之中！

▌驚艷之處 2：直覺式「中文拼音」助您輕鬆征服發音，讓事業風靡全球！

本書矢志協助讀者戰勝對發音的擔憂和不安，激發勇敢開口、無懼失誤的精神，讓您的英語實力層次不斷拓展。因此，我們巧妙地在每個句型、單字和例句下方添上「中文拼音」，作為記憶橋樑。利用拼音輕鬆掌握，再配合專業老師的標準發音，英語頓時變得更親和！您將對其令人瞠目的效果感到驚艷。哪怕是初學者，也能立刻開口說英語！展開全球冒險之旅，英語交流從此變得輕而易舉！

▌驚艷之處 3：9 款獨特招呼語，輕鬆短句，讓您總是風度翩翩！

在旅途中，彬彬有禮的招呼既能讓您給他人留下難忘印象，又能擴大您的交友圈。本書匯聚 9 款獨特招呼語，句子短小精湛、分類便利，讓您輕鬆記憶。只需短短幾個字，就能為他人帶來耳目一新的感受！從此暢遊世界，探索無限，語言不再成為限制！

▌驚艷之處 4：8 大旅行情境應對無懈可擊，彷彿擁有私人翻譯隨行！

本書專門為旅行情境量身定制，涵蓋從登機、入境通關到品味美食、購物、觀光以及必備的交通、緊急等場合，8 大情境囊括一切！運用情境聯想記憶，輕鬆掌握所需知識。遇到相應情境時，隨時查閱，將想表達的單字帶入句型，立即創建全新句子！學會一句，等於掌握了 10 句！猶如擁有專屬隨身翻譯，您將能肆意遨遊，讓事業與遊歷兼得。

▌驚艷之處 5：「視覺＋聽覺＋實戰」三位一體，記憶永不磨滅！

您的中學英語知識已是您寶貴的財富。不再讓發音束縛您的英語表達！挑戰自己，勇敢於海外大展身手，抓緊每個機會累積「毫無畏懼的開口經驗」。本書以「直覺式中文拼音＋專業美籍老師標準發音」為您呈現，通過中文拼音迅速捕捉句子和單字的發音精髓，跟隨專業老師共同朗頌。如此一來，您將培養無畏開口說英語的勇氣。「視覺＋聽覺＋實戰」三者融會貫通，讓大腦記憶銘刻心間！確保您的學習成果一日千里，久而久之！開拓旅行英語新境界，讓您勇闖世界美景，語言無懼限制！

馬上擁有本書，踏上驚奇的全球冒險之途！讓這本令人愉悅的旅行英語神器，陪伴您自信地探索世界的每個角落。無論是商務出差、度假放鬆，或是建立國際社交網絡，本書都是您不可或缺的良伴。將「外國遊歷」轉化為職場競爭力，實現人生事業和旅遊的完美融合，釋放潛能，拓寬人生視野！

還在等什麼？立即擁有這本獨具魅力且暢銷不衰的旅遊英語寶典，讓您的旅程更加流暢、精彩、充滿驚喜。一本書，將職場與遊歷完美融合，環遊世界，無拘無束！

目錄
» contents «

Part 1 — 50 個超好用句型

01 My name is＋名字.————————————10

02 I am＋from＋國家.————————————11

03 This is＋所有格＋單數稱謂.————————12

04 They are＋所有格＋複數稱謂.—————13

05 I am a＋職業.—————————————14

06 單數名詞＋is＋職業.————————————15

07 主詞＋Be動詞＋形容詞.————————16

08 It's＋形容詞＋today.————————————17

09 主詞＋Be動詞＋現在分詞.——————18

10 主詞＋Be動詞＋形容詞.————————19

11 主詞＋Be動詞＋not＋形容詞.—————20

12 Will＋主詞＋動詞？————————————21

13 主詞＋will＋動詞＋名詞.———————22

14 主詞＋love(s)＋動詞ing＋名詞.————23

15 Do you like＋名詞？————————————24

16 Does he (she) like＋名詞？——————25

17 主詞（I / You / 複數名詞）＋don't＋原形動詞＋名詞（動名詞）.————26

18 主詞（第三人稱單數）＋doesn't＋原形動詞＋名詞（動名詞）.————27

19 Can＋主詞＋動詞？————————————28

20 Can I have＋名詞, please?————————29

21 Can you speak＋語言？————————30

22 主詞＋can't＋動詞＋名詞（介系詞片語）.————31

23 Where is＋the 地方名詞？——————32

24 Is there a＋地方名詞＋around here?—33

25 To＋地點, please.————————————34

26 By＋交通工具？————————————35

27 How many＋可數複數名詞＋do (does / did)＋主詞＋原形動詞?————36

28 How much＋不可數名詞＋do (does / did)＋主詞＋原形動詞?————37

29 名詞＋please.————————————38

30 Please give me 數量＋名詞.—————39

31 Would you like some＋名詞?⋯⋯⋯⋯⋯⋯⋯⋯⋯⋯⋯⋯40

32 Anything to＋動詞？⋯⋯⋯⋯⋯⋯⋯⋯⋯⋯⋯⋯⋯⋯41

33 Anything＋比較級形容詞？⋯⋯⋯⋯⋯⋯⋯⋯⋯⋯⋯42

34 The 名詞＋is broken.⋯⋯⋯⋯⋯⋯⋯⋯⋯⋯⋯⋯⋯⋯43

35 主詞＋want(s) to＋動詞＋名詞.⋯⋯⋯⋯⋯⋯⋯⋯⋯⋯44

36 主詞＋want(s)＋名詞.⋯⋯⋯⋯⋯⋯⋯⋯⋯⋯⋯⋯⋯⋯45

37 主詞＋Be動詞＋looking for＋名詞.⋯⋯⋯⋯⋯⋯⋯⋯46

38 I don't like the＋名詞.⋯⋯⋯⋯⋯⋯⋯⋯⋯⋯⋯⋯⋯47

39 Do you have a ＋比較級形容詞＋名詞？⋯⋯⋯⋯⋯48

40 How much is the＋名詞？⋯⋯⋯⋯⋯⋯⋯⋯⋯⋯⋯⋯49

41 How＋形容詞＋can you＋動詞？⋯⋯⋯⋯⋯⋯⋯⋯⋯50

42 What＋名詞＋do you＋動詞？⋯⋯⋯⋯⋯⋯⋯⋯⋯⋯51

43 What kind of＋名詞＋do you like?⋯⋯⋯⋯⋯⋯⋯⋯52

44 What a＋形容詞＋名詞？⋯⋯⋯⋯⋯⋯⋯⋯⋯⋯⋯⋯53

45 Which＋名詞＋do you＋動詞？⋯⋯⋯⋯⋯⋯⋯⋯⋯54

46 Wow！The 名詞＋is＋形容詞！⋯⋯⋯⋯⋯⋯⋯⋯⋯55

47 I have＋疾病名.⋯⋯⋯⋯⋯⋯⋯⋯⋯⋯⋯⋯⋯⋯⋯⋯56

48 所有格＋器官＋hurts.⋯⋯⋯⋯⋯⋯⋯⋯⋯⋯⋯⋯⋯⋯57

49 主詞＋lost＋所有格＋名詞.⋯⋯⋯⋯⋯⋯⋯⋯⋯⋯⋯58

50 主詞＋Be動詞＋形容詞.⋯⋯⋯⋯⋯⋯⋯⋯⋯⋯⋯⋯59

Part 2 日常簡單用語

01 你好⋯⋯⋯⋯⋯⋯⋯⋯⋯⋯⋯⋯⋯⋯⋯⋯⋯⋯⋯⋯⋯⋯62

02 再見⋯⋯⋯⋯⋯⋯⋯⋯⋯⋯⋯⋯⋯⋯⋯⋯⋯⋯⋯⋯⋯⋯63

03 回答⋯⋯⋯⋯⋯⋯⋯⋯⋯⋯⋯⋯⋯⋯⋯⋯⋯⋯⋯⋯⋯⋯64

04 謝謝⋯⋯⋯⋯⋯⋯⋯⋯⋯⋯⋯⋯⋯⋯⋯⋯⋯⋯⋯⋯⋯⋯65

05 不客氣⋯⋯⋯⋯⋯⋯⋯⋯⋯⋯⋯⋯⋯⋯⋯⋯⋯⋯⋯⋯⋯66

06 對不起⋯⋯⋯⋯⋯⋯⋯⋯⋯⋯⋯⋯⋯⋯⋯⋯⋯⋯⋯⋯⋯67

07 借問一下⋯⋯⋯⋯⋯⋯⋯⋯⋯⋯⋯⋯⋯⋯⋯⋯⋯⋯⋯⋯68

08 請再說一次⋯⋯⋯⋯⋯⋯⋯⋯⋯⋯⋯⋯⋯⋯⋯⋯⋯⋯69

09 感嘆詞⋯⋯⋯⋯⋯⋯⋯⋯⋯⋯⋯⋯⋯⋯⋯⋯⋯⋯⋯⋯⋯70

Part 3 · 旅遊會話

➡ **Topic 1 · 在飛機上**

01 我要柳丁汁 ⋯⋯⋯⋯⋯⋯⋯⋯⋯⋯⋯⋯⋯72
02 給我雞肉飯 ⋯⋯⋯⋯⋯⋯⋯⋯⋯⋯⋯⋯74
03 請給我一條毛毯 ⋯⋯⋯⋯⋯⋯⋯⋯⋯⋯76
04 請問廁所在哪裡？ ⋯⋯⋯⋯⋯⋯⋯⋯⋯77
05 跟鄰座乘客聊天 ⋯⋯⋯⋯⋯⋯⋯⋯⋯⋯79
06 我是來觀光的 ⋯⋯⋯⋯⋯⋯⋯⋯⋯⋯⋯81
07 我住達拉斯的假期酒店 ⋯⋯⋯⋯⋯⋯⋯81
08 我停留十四天 ⋯⋯⋯⋯⋯⋯⋯⋯⋯⋯⋯83
09 我要換錢 ⋯⋯⋯⋯⋯⋯⋯⋯⋯⋯⋯⋯⋯84
10 您有需要申報的東西嗎？ ⋯⋯⋯⋯⋯⋯85
11 轉機 ⋯⋯⋯⋯⋯⋯⋯⋯⋯⋯⋯⋯⋯⋯⋯⋯87
12 怎麼打國際電話？ ⋯⋯⋯⋯⋯⋯⋯⋯⋯88
13 我要打市內電話 ⋯⋯⋯⋯⋯⋯⋯⋯⋯⋯90
14 請給我一份市區地圖 ⋯⋯⋯⋯⋯⋯⋯⋯91

➡ **Topic 2 · 飯店**

01 我要訂一間單人房 ⋯⋯⋯⋯⋯⋯⋯⋯⋯92
02 我要住宿登記 ⋯⋯⋯⋯⋯⋯⋯⋯⋯⋯⋯93
03 我要客房服務 ⋯⋯⋯⋯⋯⋯⋯⋯⋯⋯⋯95
04 麻煩給我兩杯咖啡 ⋯⋯⋯⋯⋯⋯⋯⋯⋯96
05 我要吐司 ⋯⋯⋯⋯⋯⋯⋯⋯⋯⋯⋯⋯⋯97
06 房裡冷氣壞了 ⋯⋯⋯⋯⋯⋯⋯⋯⋯⋯⋯97
07 我要退房 ⋯⋯⋯⋯⋯⋯⋯⋯⋯⋯⋯⋯⋯100

➡ **Topic 3 · 用餐**

01 附近有義大利餐廳嗎？ ⋯⋯⋯⋯⋯⋯⋯102
02 我要預約 ⋯⋯⋯⋯⋯⋯⋯⋯⋯⋯⋯⋯⋯104
03 我要點菜 ⋯⋯⋯⋯⋯⋯⋯⋯⋯⋯⋯⋯⋯106
04 你有義大利麵嗎？ ⋯⋯⋯⋯⋯⋯⋯⋯⋯107
05 給我火腿三明治 ⋯⋯⋯⋯⋯⋯⋯⋯⋯⋯108
06 給我果汁 ⋯⋯⋯⋯⋯⋯⋯⋯⋯⋯⋯⋯⋯109

07 給我啤酒 110
08 我還要甜點 111
09 吃牛排 114
10 墨西哥料理也不錯 115
11 在早餐店 116
12 在速食店 117
13 付款 119

⇨ Topic 4 · 購物

01 購物去囉 120
02 女裝在哪裡？ 121
03 買小東西(1) 122
04 買小東西(2) 123
05 我要看毛衣 124
06 買衣服 126
07 店員常說的話 127
08 我可以試穿嗎？ 128
09 我要紅色那件 129
10 這是棉製品嗎？ 130
11 我不喜歡那個顏色 131
12 太小了 133
13 我要這件 134
14 你能改長一點嗎？ 135
15 買鞋子 136
16 有大一點的嗎？ 137
17 有其他顏色嗎？ 137
18 我只是看看 138
19 購物付錢 139
20 討價還價 141
21 退貨換貨 142

⇨ Topic 5 · 各種交通

01 坐車去囉 143
02 我要租車 144
03 先買票 146

04 坐公車 148
05 坐地鐵 150
06 坐火車 152
07 坐計程車 154
08 糟糕！我迷路了 156
09 其它道路指引說法 158

Topic 6 · 詢問中心

01 在旅遊諮詢中心 159
02 有一日遊嗎？ 159
03 我要去迪士尼樂園 161
04 我要怎麼去艾菲爾鐵塔？ 162
05 我想騎馬 163
06 漫遊美國各州 166
07 看看各種的動物 168
08 景色真美耶 169
09 帶老外玩台灣 171
10 我要看獅子王 174
11 買票看戲 174
12 哇！他的歌聲真棒 177
13 附近有爵士酒吧嗎？ 178
14 看棒球比賽 181
15 看籃球比賽 184

Topic 7 · 看病

01 你臉色看起來不太好呢 187
02 我要看醫生 188
03 我肚子痛 188
04 把嘴巴張開 193
05 一天吃三次藥 195
06 我覺得好多了 197

Topic 8 · 遇到麻煩

01 我遺失了護照 198
02 我把它忘在公車上了 199

Part 1
50 個超好用句型

標記小貼士！

▶ 2個以上的中文拼音，下面有＿＿（底線）時，記得要把底線上的字，全部合起來唸成1個音。例如：his（他）要唸成「<u>喝伊</u>子」喔！

（小訣竅：「喝伊」念快一點，就變成「<u>喝伊</u>」囉！）

memo

| 句型 1 | 我的名字叫○○。 |

My name is ＋名字.
麥　　念　　以司

| 我的名字叫珍。 | **My name is Jane.**
麥 念 以司 珍 |
| 我的名字叫李淑玲。 | **My name is Shuling Lee.**
麥 念 以司 淑玲 李 |

換個單字念念看

| 陳美玲 | **Meiling Chen**
美玲 陳 | 瑪麗莎羅威 | **Melissa Lowell**
瑪莉莎 摟窩 |
| 大衛瑞德 | **David Reed**
大衛 瑞德 | 布萊德彼特 | **Brad Pitt**
布萊德 彼特 |

Part
1
50個超好用句型

Part
2
日常簡單用語

Part
3
旅遊會話

句型 2　我來自○○。

I am ＋ from ＋ 國家.
愛　阿母　　　夫讓

我來自台灣。	**I am from Taiwan.** 愛 阿母 夫讓 台灣
我從英國來的。	**I am from England.** 愛 阿母 夫讓 印哥人

換個單字念念看

法國	**France** 法蘭斯	德國	**Germany** 糾門尼
日本	**Japan** 甲騙	泰國	**Thailand** 太連的

11

句型 3　這是○○的○○。

This is＋所有格＋單數稱謂.
力司　以司

這是他爸爸。	**This is his father.** 力司 以司 喝伊子 發得
這是我的老師。	**This is my teacher.** 力司 以司 麥 踢球

換個單字念念看

他們的 / 媽媽	**their / mother** 累兒 / 媽得	她的 / 哥哥 （弟弟）	**her / brother** 喝兒 / 布拉得
我們的 / 爸爸	**our / father** 奧兒 / 發得	你的 / 姊姊 （妹妹）	**your / sister** 油兒 / 夕司特

句型 4　他們是○○的○○。

They are＋所有格＋複數稱謂.
涙　　　阿

他們是我的父母。	**They are my parents.** 涙 阿 麥 配潤此
他們是他的朋友們。	**They are his friends.** 涙 阿 喝伊子 福瑞恩司

換個單字念念看

我們的 / 兄弟	**our / brothers** 奧兒 / 不拉得司
她的 / 爺爺奶奶	**her / grandparents** 喝兒 / 古瑞恩的配潤此

他們的 / 老師們	**their / teachers** 涙兒 / 踢球司
你們的 / 親戚們	**your / relatives** 油兒 / 瑞累提夫司

句型 5　我是個○○。

I am a＋職業.
愛 阿母 惡

我是個學生。	**I am a student.** 愛 阿母 惡 司丟等特
我是個醫生。	**I am a doctor.** 愛 阿母 惡 達可特

換個單字念念看

模特兒	**model** 麻豆	律師	**lawyer** 落爺嗯
播報員	**reporter** 瑞剖兒特	護士	**nurse** 呢司

句型 6　〇〇是〇〇。

單數名詞＋is＋職業.
以司

他是舞者。	**He is a dancer.** 喝伊 以司 惡 的厭舍
她是警察。	**She is a police officer.** 噓 以司 趴力司 喔福衣舍

換個單字念念看

爸爸 / 老師	**Dad /** **a teacher** 爹的 / 惡 踢球	我哥哥 / 司機	**My brother /** **a driver** 麥 布拉得 / 惡 踀衣-福兒
祖母 / 廚師	**Grandma /** **a cook** 古瑞恩的媽 / 惡 庫可	艾蜜莉 / 設計師	**Emily /** **a designer** 艾蜜莉 / 惡 抵債呢

句型 7　○○是○○的。

主詞＋Be動詞＋形容詞.

我很挑剔。	**I am picky.** 愛 阿母 屁基
我姊很和藹可親。	**My sister is kind.** 麥 夕司特 以司 開恩的

換個單字念念看

他 / 紳士	**He is / gentle** 喝伊 以司 / 尖頭	他的妻子 / 深沈文靜	**His wife is / quiet** 喝伊子 外夫 以司 / 快衣耶特
傑克 / 健談	**Jack is / talkative** 傑克 以司 / 頭殼梯福	那男人 / 頑固	**The man is / stubborn** 得 面 以司 / 司達本兒恩

Part
1
50個超好用句型

Part
2
日常簡單用語

Part
3
旅遊會話

句型 8　　今天(很)○○。

It's＋形容詞＋today.
以次　　　　　　　　　　　土爹

今天很潮濕。	**It's humid today.** 以次 喝尤秘的 土爹
今天下雨。	**It's raining today.** 以次 銳寧 土爹

換個單字念念看

涼	**cool** 庫歐	溫暖	**warm** 我兒母
熱	**hot** 哈特	風很大	**windy** 烏因低

17

句型 9　○○在○○。

主詞＋Be動詞＋現在分詞.

我們在閱讀雜誌。	**We are reading magazines.** 位 阿 瑞低恩 妹哥進司
莉莎在睡覺。	**Lisa is sleeping.** 莉莎 以司 司力拼

換個單字念念看

我 / 做菜	**I am / cooking** 愛 阿母 / 庫克印	他 / 做蛋糕	**He is / making cake** 喝伊 以司 / 媚金 克也可
她 / 唱歌	**She is / singing** 噓 以司 / 心印	他們 / 吵架	**They are / arguing** 淚 阿 / 阿古因

句型 10　〇〇很〇〇。

主詞＋Be動詞＋形容詞.

你很棒。	**You are great.** 油 阿 古銳特
我的老師很神奇。	**My teacher is amazing.** 賣 踢球 以司 惡妹敬

換個單字念念看

她 / 漂亮	**She is / pretty** 噓 以司 / 普里梯	他們 / 調皮	**They are / naughty** 淚 阿 / 諾梯
他 / 英俊	**He is / handsome** 喝伊 以司 / 憨舍母	詹姆士 / 風趣	**James is / funny** 傑姆士 以司 / 放尼

句型 11　○○不○○。

主詞＋Be動詞＋not＋形容詞.
那特

你人不好。	**You are not nice.** 油 阿 那特 耐司
她不小氣。	**She is not mean.** 嘘 以司 那特 秘因

換個單字念念看

他 / 英俊	**He is / handsome** 喝伊 以司 / 憨舍母	我 / 笨	**I am / stupid** 愛 阿母 / 司丟屁的
她 / 聰明	**She is / smart** 嘘 以司 / 司媽兒特	他們 / 快樂	**They are / happy** 淚 阿 / 黑皮

句型 12　〇〇會〇〇嗎？

Will＋主詞＋動詞？
烏衣歐

會下雪嗎？	**Will it snow?** 烏衣歐 以特 司諾
你會去派對嗎？	**Will you go to the party?** 烏衣歐 油 夠 兔 得 趴梯

換個單字念念看

(天氣)/ 出太陽	**it / be sunny** 以特 / 必 桑尼	彼得 / 去台北	**Peter / go to Taipei** 彼特 / 夠 兔 台北
她 / 來	**she / come** 噓 / 抗母	你 / 拿	**you / take it** 油 / 貼克 以特

句型 13　○○會(要)○○。

主詞＋will＋動詞＋名詞.
烏衣歐

我會邀請他。	**I will invite him.** 愛 烏衣歐 因外特 喝伊母
他們會很開心。	**They will be happy.** 淚 烏衣歐 比 黑皮

換個單字念念看

我 / 結婚	**I / get married** 愛 / 給特 美麗的	蘇珊 / 帶那個蛋糕來	**Susan / bring the cake** 蘇珊 / 布玲 得 克欸可
他 / 生氣	**He / be mad** 喝伊 / 比 妹的	詹姆士 / 去看醫生	**James / go to the doctor** 傑姆士 / 夠 兔 得 達可特

句型 14　　○○喜歡○○。

主詞＋love(s)＋動詞ing＋名詞.
辣舞（司）

我很喜歡打網球。	**I love playing tennis.** 愛 辣舞 普淚因 貼尼司
他們很喜歡喝咖啡。	**They love drinking coffee.** 淚 辣舞 醉克印 摳福衣

換個單字念念看

我 / 買東西	**I / going shopping** 愛 / 勾印 瞎拼	他們 / 聽音樂	**They / listening to music** 淚 / 力省寧 兔 謬記可
瑪莉 / 看電視	**Mary / watching TV** 美莉 / 哇請 梯逼	他 / 讀小說	**He / reading novels** 喝伊 / 里低恩 那佛司

句型 15　你喜歡○○嗎？

Do you like＋名詞？
度　　油　　賴克

你喜歡馬鈴薯嗎？	**Do you like potatoes?** 度 油 賴克 趴貼投司
你喜歡我的髮型嗎？	**Do you like my hairstyle?** 度 油 賴克 麥 黑兒司逮歐

換個單字念念看

布萊德彼特	**Brad Pitt** 布萊德 彼特	巧克力	**chocolate** 洽可力特
台北	**Taipei** 台北	喜劇	**comedy** 抗麼地

句型 16　他（她）喜歡○○嗎？

Does he (she) like ＋名詞？
得司　　喝伊　（噓）　賴克

他喜歡熱狗嗎？	**Does he like hot dogs?** 得司 喝伊 賴克 哈特 豆哥司
潔西喜歡芭比娃娃嗎？	**Does Jessie like Barbie dolls?** 得司 潔西 賴克 芭比 兜歐司

換個單字念念看

籃球	**basketball** 背司克衣伯	我的新鞋	**my new shoes** 麥 紐 咻司
電玩	**computer games** 康普尤特 給母司	總統	**the president** 得 普銳怎等特

句型 17 ○○不○○。

主詞（I / You/複數名詞）＋don't
愛　　油　　　　　　　　　　　　　洞特
＋原形動詞＋名詞（動名詞）.

喬治和瑪莉不使用信用卡。	**George and Mary don't use credit cards.** 久局 欸恩得 美莉 洞特 油司 克瑞滴特 卡此
他們不喜歡買東西。	**They don't like shopping.** 淚 洞特 賴克 瞎拼

換個單字念念看

我 / 喜歡披薩	**I / like pizza** 愛 / 賴克 披薩	喬治和瑪莉 / 去買東西	**George and Mary / go shopping** 久局 欸恩得 美莉 / 夠 瞎拼
他們 / 有麵包	**They / have bread** 淚 / 黑夫 不瑞得	我父母 / 喝咖啡	**My parents / drink coffee** 麥 配潤此 / 准印可 摳福衣

句型 18　○○不○○。

主詞（第三人稱單數）＋doesn't
得怎特
＋原形動詞＋名詞（動名詞）.

喬治不愛瑪莉。	**George doesn't love Mary.** 久局 得怎特 辣舞 美莉
她不想要小的戒指。	**She doesn't want a small ring.** 噓 得怎特 旺特 惡 司某 玲

換個單字念念看

她 / 喜歡披薩	**She / like pizza** 噓 / 賴克 披薩	喬治 / 吃 午餐	**George / eat lunch** 久局 / 衣特 浪去
它 / 運作	**It / work** 以特 / 我兒可	瑪莉 / 煮 晚餐	**Mary / cook dinner** 美莉 / 庫可 低呢

句型 19　○○能(會)○○嗎？

Can＋主詞＋動詞？
肯

你會溜冰嗎？	**Can you skate?** 肯 油 司給特
他們棒球打得好嗎？	**Can they play baseball well?** 肯 淚 撲淚 背司伯 威歐

換個單字念念看

瑪莉 / 開車	**Mary / drive** 美莉 / 跩衣夫	她 / 打字	**she / type** 噓 / 太普
你 / 修我的車	**you / fix my car** 油 / 福衣渴死 麥 卡兒	麵包師傅 / 烤麵包	**the baker / bake** 得 背可兒 / 背可

句型 20 麻煩請給我○○好嗎？

Can I have＋名詞, please?
肯　艾　黑夫　　　　　　　　普力司

麻煩請給我一些水好嗎？	**Can I have some water, please?** 肯 艾 黑夫 桑母 哇特，普力司
麻煩請給我菜單好嗎？	**Can I have the menu, please?** 肯 艾 黑夫 得 妹牛，普力司

換個單字念念看

一杯咖啡	**a cup of coffee** 惡 卡普 歐夫 摑福衣	你的大名	**your name** 油兒 內母
少許冰塊	**some ice** 桑母 愛司	你的電話號碼	**your phone number** 油兒 鳳 難本兒

句型 21　你會講○○嗎？

Can you speak＋語言？
肯　　油　　司必可

你會講中文嗎？	**Can you speak Chinese?** 肯 油 司必可 揣尼司
我會講一點英語。	**I can speak a little English.** 愛 肯 司必可 惡 力頭 英格力序

換個單字念念看

義大利語	**Italian** 義大利恩	法語	**French** 福潤娶
德語	**German** 久門	日語	**Japanese** 甲噴妮子

句型 22 ○○不能(不會)○○。

主詞＋can't＋動詞＋名詞(介系詞片語).
肯特

我的孩子不會做功課。	**My children can't do homework.** 麥 秋豬潤 肯特 賭 後母我可
你不能跟他一起出去。	**You can't go out with him.** 油 肯特 夠 奧特 位子 喝伊母

換個單字念念看

我的小孩 / 吃海鮮	**My children / eat seafood** 麥 秋豬潤 / 衣特 夕父的	她 / 打掃家裡	**She / clean the house** 噓 / 可林 得 好司
我們 / 去買東西	**We / go shopping** 烏衣 / 夠 瞎拼	他 / 跟你 一起出去	**He / go out with you** 喝伊 / 夠 奧特 位子 油

31

句型 23　〇〇在哪裡？

Where is ＋ the 地方名詞 ？
惠兒　　以司　　　得

公車站牌在哪裡？	**Where is the bus stop?** 惠兒 以司 得 巴士 司達普
郵局在哪裡？	**Where is the post office?** 惠兒 以司 得 剖司特 歐福衣司

換個單字念念看

浴室	**bathroom** 貝司潤	銀行	**bank** 北恩客
餐廳	**restaurant** 瑞司特讓	醫院	**hospital** 哈司屁投

句型 24　這附近有○○嗎？

Is there a＋地方名詞＋around here?
以司　淚兒　惡　　　　　　　　餓讓得　喝伊兒

這附近有轉搭地下鐵的車站嗎？	**Is there a subway entrance around here?** 以司 淚兒 惡 沙伯未 誒特潤司 餓讓得 喝伊兒
這附近有理髮店嗎？	**Is there a barber shop around here?** 以司 淚兒 惡 八本兒 下普 餓讓得 喝伊兒

換個單字念念看

藥局	**pharmacy** 發門夕	洗手間	**bathroom** 貝司潤
中國餐廳	**Chinese restaurant** 揣尼司 瑞司特讓	警察局	**police station** 趴力司 司爹迅

33

句型 25　麻煩請開到〇〇。

To＋地點, please.
兔　　　　　　　普力司

麻煩請到中央公園。	**To Central Park, please.** 兔 仙戳 趴兒可，普力司
麻煩請開到梅西百貨公司。	**To Macy's Department Store, please.** 兔 梅西司 地扒特門特 司豆兒，普力司

換個單字念念看

迪士尼樂園	**Disney Land** 迪士尼 練得	白金漢宮	**Buckingham Palace** 巴克印漢 趴了司
格林威治	**Greenwich** 格林烏衣去	第五大道	**Fifth Avenue** 福衣福子 阿粉牛

句型 26 坐○○嗎？

By＋交通工具？
拜

坐公車嗎？	**by bus?** 拜 巴士
坐地下鐵嗎？	**by subway?** 拜 沙伯未

換個單字念念看

計程車	**taxi** 貼克西	飛機	**plane** 普淚因
火車	**train** 翠因	直升機	**helicopter** 黑力卡普特

句型 27 ○○多少個○○？

How many ＋可數複數名詞＋do
浩　　妹尼
(does / did)＋主詞＋原形動詞？
（得司　/　低的）　　　　　　　　　　度

你想要幾個蘋果？	**How many apples do you want?** 浩 妹尼 阿剖司 度 油 旺特
你看到了幾個學生？	**How many students did you see?** 浩 妹尼 司丟等此 低的 油 西

換個單字念念看

柳橙 / 你買了	**oranges / did you buy** 歐林局司 / 低的 油 拜	洗手間 / 它有	**bathrooms / does it have** 貝司潤司 / 得司 以特 黑夫
姐妹 / 她有	**sisters / does she have** 夕司特司 / 得司 噓 黑夫	小孩 / 他們想要	**children / do they want** 秋豬潤 / 賭 淚 旺特

句型 28　有多少○○？

How much＋不可數名詞＋do
浩　　　罵取

(does / did)＋主詞＋原形動詞？
（得司　/　低的）　　　　　　　　度

你需要多少糖？	**How much sugar do you need?** 浩 罵取 咻哥兒 度 油 逆得
我有多少時間？	**How much time do I have?** 浩 罵取 太母 度 愛 黑夫

換個單字念念看

水 / 他喝了	**water / did he drink** 哇特 / 低的 喝伊 准可	鹽巴 / 她用了	**salt / did she use** 收特 / 低的 噓 油司
錢 / 約翰有	**money / does John have** 媽尼 / 得司 九翰 黑夫	米飯 / 你想要	**rice / do you want** 弱愛司 / 度 油 旺特

句型 29　請給我○○。

名詞＋please.
普力司

請給我鮪魚三明治。	**Tuna sandwich, please.** 兔呢 先得位去，普力司
請給我起士蛋糕。	**Cheese cake, please.** 起士 克欸可，普力司

換個單字念念看

咖啡	**coffee** 摳福衣	一些水果	**some fruit** 桑母 福鹿特
一份都市的地圖	**a city map** 惡 西替 妹普	雞肉	**chicken** 去肯

句型 30	請給我○○。

Please give me 數量＋名詞.
普力司　　　給夫　　密

請給我兩塊餅乾。	**Please give me two cookies.** 普力司 給夫 密 兔 庫克衣司
請給我兩條毛巾。	**Please give me two towels.** 普力司 給夫 密 兔 淘歐司

換個單字念念看

兩張 / 郵票	**two / stamps** 兔 / 司天普司	三張 / 票	**three / tickets** 素力 / 梯克衣此
一本 / 書	**one / book** 萬 / 不可	一個 / 披薩	**a / pizza** 惡 / 披薩

39

句型 31 　你要些〇〇嗎？

Would you like some＋名詞？
巫的　　　油　　賴克　　<u>桑母</u>

你要來些飯嗎？	**Would you like some rice?** 巫的 油 賴克 <u>桑母</u> 弱愛司

你要來些茶嗎？	**Would you like some tea?** 巫的 油 賴克 <u>桑母</u> 梯

換個單字念念看

水	**water** 哇特	一些沙拉	**salad** 沙拉得
一些果汁	**juice** 啾司	一些麵包	**bread** 不瑞得

句型 32　有想要○○什麼嗎？

Anything to ＋ 動詞 ？
宴尼幸　　　　兔

有什麼要報稅的嗎？	**Anything to declare?** 宴尼幸 兔 地克淚兒
有想要吃什麼嗎？	**Anything to eat?** 宴尼幸 兔 衣特

換個單字念念看

喝	**drink** 准可	討論	**talk about** 頭可 惡抱特
說	**say** 誰	告訴我	**tell me** 貼歐 密

句型 33　有○○的嗎？

Anything＋比較級形容詞？
宴尼幸

有更好的嗎？	**Anything better?** 宴尼幸 貝特
有更便宜的嗎？	**Anything cheaper?** 宴尼幸 去普兒

換個單字念念看

更大	**bigger** 逼哥	更特別	**more special** 摸兒 司背秀
更普通	**more common** 摸兒 抗門	更早	**earlier** 耳力耳

句型 34　○○壞了。

The 名詞＋is broken.
得　　　　　以司　不肉肯

電視壞了。	**The TV is broken.** 得 梯逼 以司 不肉肯	
暖氣壞了。	**The heater is broken.** 得 喝衣特 以司 不肉肯	

換個單字念念看

AC	**AC** 欸西	鎖	**lock** 拉可
冰箱	**refrigerator** 銳福衣局銳特	按摩浴缸	**Jacuzzi** 基庫記

句型 35　　〇〇想去〇〇。

主詞＋want(s) to＋動詞＋名詞.
旺特（忘詞）　　兔

她想買一輛車。	**She wants to buy a car.** 噓 忘詞 兔 拜 惡 卡兒
我們想要退還這個。	**We want to refund this.** 烏衣 旺特 兔 銳放得 力司

換個單字念念看

我 / 點 一杯飲料	**I / order a drink** 愛 / 歐得兒 惡 准可	他們 / 付帳	**They / pay the bill** 淚 / 配 得 必歐
她 / 休息	**She / take a rest** 噓 / 貼克 惡 銳司特	我們 / 預約	**We / make a reservation** 烏衣 / 妹克 惡 瑞者非迅

句型 36　○○想要○○。

主詞＋want(s)＋名詞.
旺特（忘詞）

瑪莉想要一個起司漢堡。	**Mary wants a cheeseburger.** 美莉 忘詞 惡 妻子本兒-哥兒
我想要一個海鮮比薩。	**I want a seafood pizza.** 愛 旺特 惡 夕父的 披薩

換個單字念念看

我 / 高麗菜	**I / a cabbage** 愛 / 惡 卡必基	瑪莉 / 一些冰淇淋	**Mary / some ice cream** 瑪莉 / 桑母 愛司 可里母
他們 / 退款	**They / a refund** 淚 / 惡 銳放得	他 / 一張單人床	**He / a single bed** 喝伊 / 惡 欣勾 貝得

句型 37　○○尋找○○。

主詞＋Be動詞＋looking for＋名詞.
路克印　　　佛

他在尋找一條領帶。	**He is looking for a tie.** 喝伊 以司 路克印 佛 惡 太
他們在尋找靴子。	**They are looking for boots.** 淚 阿 路克印 佛 不此

換個單字念念看

他 / 一件背心	**He is / a vest** 喝伊 以司 / 惡 飛司特	我 / 一套西裝	**I am / a suit** 愛 阿母 / 惡 速特
他們 / 皮包	**They are / a bag** 淚 阿 / 惡 背哥	她 / 一件夾克	**She is / a jacket** 噓 以司 / 惡 甲克欸特

句型 38　　我不喜歡○○。

I don't like the＋名詞.
愛　洞特　　賴克　　得

我不喜歡這本書。	**I don't like the book.** 愛 洞特 賴克 得 不可
我不喜歡這鞋子。	**I don't like the shoes.** 愛 洞特 賴克 得 咻司

換個單字念念看

食物	**food** 父的	材質	**material** 門梯里歐
顏色	**color** 卡了	口味	**flavor** 福淚福兒

句型 39 你有○○的○○嗎？

Do you have a ＋比較級形容詞
度　　油　　黑夫　惡
＋名詞？

你有比較小的尺寸嗎？	**Do you have a smaller size?** 度 油 黑夫 惡 司眸了 賽子
你有（比較年長）的哥哥嗎？	**Do you have an older brother?** 度 油 黑夫 安 歐得兒 布拉得

換個單字念念看

比較大的 / 尺寸	**larger / size** 拉局兒 / 賽子	比較小的 / 裙子	**smaller / skirt** 司眸了 / 司哥兒特
比較大的 / 袋子	**bigger / bag** 必哥兒 / 背哥	比較長的 / 假髮	**longer / wig** 龍哥 / 位哥

句型 40　○○多少錢？

How much is the＋名詞？
浩　　罵取　以司　得

票要多少錢？	**How much is the ticket?** 浩 罵取 以司 得 梯克衣特
車子要多少錢？	**How much is the car?** 浩 罵取 以司 得 卡兒

換個單字念念看

書	**book** 不可	裙子	**skirt** 司哥兒特
費用	**fare** 非兒	休旅車	**van** 飛恩

句型 41 你能○○多○○？

How＋形容詞＋can you＋動詞？
浩 　　　　　　　　　肯　油

你可以等多久？	**How long can you wait?** 好 弄 肯 油 未特
你可以跑多快？	**How fast can you run?** 浩 妃司特 肯 油 軟

換個單字念念看

長 / 停留	**long / stay** 弄 / 司爹	快 / 打字	**fast / type** 發司特 / 太普
快 / 到這裡	**quick / get here** 哭依可 / 給特 喝伊兒	慢 / 走	**slow / walk** 司漏 / 我可

句型 42　你○○什麼○○？

What＋名詞＋do you＋動詞？
華特　　　　　　　　　度　油

你做什麼運動？	**What sport do you play?** 華特 司剖特 度 油 普淚
你喜歡什麼動物？	**What animals do you like?** 華特 <u>欸恩</u>呢謀司 度 油 賴克

換個單字念念看

遊戲 / 玩	**games / play** 給母司 / 撲淚	季節 / 喜歡	**season / like** 夕怎 / 賴克
顏色 / 想要	**color / want** 卡了 / 旺特	歌曲 / 知道	**songs / know** 送詞 / 諾

句型 43 你喜歡什麼樣的○○？

What kind of＋名詞＋do you like?
華特　開恩的　歐夫　　　　　　　　度　油　賴克

你喜歡什麼樣的電影？	**What kind of movie do you like?** 華特 開恩的 歐夫 母逼 度 油 賴克
你喜歡什麼樣的女孩？	**What kind of girl do you like?** 華特 開恩的 歐夫 各樓 度 油 賴克

換個單字念念看

音樂	**music** 妙記可	小說	**novel** 那佛
故事	**story** 司豆里	水果	**fruit** 福鹿特

Part **1**
50個超好用句型

Part **2**
日常簡單用語

Part **3**
旅遊會話

句型 44　真是個○○啊！

What a＋形容詞＋名詞？
華特　　惡

真是個美好的世界！	**What a wonderful world.** 華特 惡 萬得佛 我歐的
真是美妙的一天！	**What a great day.** 華特 惡 古銳特 爹

換個單字念念看

很棒的 / 景觀	**great / view** 古銳特 / 福尤	冷酷的 / 男人	**cool / man** 庫歐 / 面
美好的 / 一天	**wonderful /** **day** 萬得佛 / 爹	漂亮的 / 女人	**pretty /** **woman** 普里梯 / 窩門

53

句型 45　你○○哪一個○○？

Which ＋ 名詞 ＋ do you ＋ 動詞？
呼衣取　　　　　　　　度　油

你走哪一條路？	**Which way do you go?** 呼衣取 威 度 油 勾
你選哪一個顏色？	**Which color do you pick?** 呼衣取 卡了 度 油 屁可

換個單字念念看

書 / 需要	**book / need** 不可 / 逆得	公車 / 搭乘	**bus / take** 巴士 / 貼克
襯衫 / 喜歡	**shirt / like** 噓兒特 / 賴克	戒指 / 挑選	**ring / pick** 玲 / 屁可

句型 46　哇！○○是○○的。

Wow！The 名詞＋is＋形容詞！
哇嗚！　　得　　　　　以司

哇！這洋裝真是漂亮！	**Wow! The dress is gorgeous!** 哇嗚! 得 最司 以司 狗假死!
哇！這禮物真是特別！	**Wow! The gift is very special!** 哇嗚! 得 給夫特 以司 飛里 司背秀!

換個單字念念看

表演 / 棒	**show / great** 秀 / 古銳特	男孩 / 可愛	**boy / cute** 剝衣 / 哭尤特
建築 / 壯觀	**building / enormous** 逼歐頂 / 衣諾門司	音樂會 / 驚人	**concert / amazing** 抗舍特 / 惡妹記因

句型 47　我有○○。

I have＋疾病名.
愛　　黑夫

我發燒了。	**I have a fever.** 愛 黑夫 惡 福衣-福兒
我咳嗽。	**I have a cough.** 愛 黑夫 惡 扣福

換個單字念念看

頭痛	**a headache** 惡 黑的欸可	香港腳	**athlete's foot** 欸司力特 富特
耳朵痛	**an earache** 厭 衣兒欸可	咳嗽	**a cough** 惡 扣福

句型 **48**　我的○○痛。

所有格＋器官＋hurts.
喝兒此

凱倫的背部下方會痛。	**Karen's lower back hurts.** 凱倫司 漏兒 貝克 喝兒此
我的膝蓋痛。	**My knees hurt.** 麥 尼司 喝兒特

換個單字念念看

我的 / 胃	**my / tummy** 麥 / 他秘	她的 / 牙齒	**her / tooth** 喝兒 / 兔士
他的 / 腿	**his / leg** 喝伊子 / 淚哥	梅莉莎的 / 手臂	**Melissa's / arm** 梅莉莎司 / 阿兒母

句型 49　○○遺失了○○的○○。

主詞＋lost＋所有格＋名詞.
漏司特

我遺失了我的鑰匙。	**I lost my keys.** 愛 漏司特 麥 克衣司
他遺失了他的護照。	**He lost his passport.** 喝伊 漏司特 喝伊子 扒司剖特

換個單字念念看

我 / 我的信用卡	**I / my credit card** 愛 / 麥 克瑞滴特 卡兒 得	她 / 她的項鍊	**She / her necklace** 噓 / 喝兒 內可力司
他 / 他的皮夾	**He / his wallet** 喝伊 / 喝伊子 哇力特	他們 / 他們的相機	**They / their camera** 淚 / 淚兒 克欸門拉

句型 50	○○是○○的。

主詞＋Be動詞＋形容詞.

我累了。	**I'm tired.** 愛母 太兒的
他擔心。	**He is worried.** 喝伊 以司 我銳的

換個單字念念看

我 / 高興	**I am / happy** 愛 欸母 / 黑皮	她 / 傷心的	**She is / sad** 噓 以司 / 誰的
他 / 緊張的	**He is / nervous** 喝伊 以司 / 呢福兒司	我們 / 忙碌	**We are / busy** 烏衣 阿 / 逼急

MEMO

_____

_____

_____

_____

_____

_____

_____

_____

Part 2
日常簡單用語

標記小貼士！

▶ 2個以上的中文拼音，下面有___（底線）時，記得要把底線上的字，全部合起來唸成1個音。例如：**his**（他）要唸成「<u>喝伊</u>子」喔！

（小訣竅：「喝伊」念快一點，就變成「<u>喝伊</u>」囉！）

memo

你好！	**Hello.** 哈囉
嗨！	**Hi.** 害
早安。	**Good morning.** 古得 摸玲
午安。	**Good afternoon.** 古得 阿福特怒恩
您好嗎？(初次見面)	**How do you do?** 浩 度 油 度
你好嗎？	**How are you?** 浩 阿 油
很高興認識你！	**Nice to meet you!** 耐司 兔 密特 油!
發生了什麼事？	**What's up?** 華次 阿普

Part
1
50個超好用句型

Part
2
日常簡單用語

Part
3
旅遊會話

② 再見

再見！	**Good-bye.** 古得-拜
再見！	**Bye Bye.** 拜 拜
回頭見。	**See you later.** 西 油 淚特兒
待會見。	**Later.** 淚特兒
晚安！	**Good night.** 古得 耐特
祝你有美好的一天。	**Have a nice day.** 黑夫 惡 耐司 爹
一路順風。	**Have a good flight.** 黑夫 惡 古得 福來特
保重。	**Take care.** 貼克 克欸兒

③ 回答

是的。	**Yes. / Yeah.** 也司 / 鴨
是的，沒錯。	**Yeah, right.** 鴨，<u>弱愛特</u>
我明白。	**I see. / I think so.** 愛 西 / 愛 幸克 受
原來如此。	**Oh, that's why.** 歐，列此 壞
不，謝謝你。	**No, thank you.** 諾，仙可 油
我可不這麼認為。	**I don't think so.** 愛 洞特 幸克 受
沒關係。	**That's ok.** 列此 歐克<u>欸</u>
好 / 沒問題。	**OK.** 歐克<u>欸</u>

④ 謝謝   Track ◎ **54**

非常感謝。	**Thank you very much.** 仙可 油 飛里 罵取
謝謝。	**Thanks.** 仙可死
哇，你真好。	**Wow, that's so nice of you.** 哇嗚，列此 受 耐司 歐夫 油
謝謝你的幫忙。	**Thanks for your help.** 仙可死 佛 油兒 黑歐普
謝謝你抽空。	**Thanks for your time.** 仙可死 佛 油兒 <u>太母</u>

不客氣。	**You're welcome.** 尤而 威歐抗母
不必擔心這個。	**Well, don't worry about it.** 威歐，洞特 我銳衣 惡抱特 衣特
不客氣。	**Not at all.** 那特 欸特 歐
沒問題。	**No problem.** 諾 普辣本
這是我的榮幸。	**My pleasure.** 麥 撲淚舅
喔！那沒什麼。	**Oh, it's nothing.** 歐，以次 那幸
真的！那沒什麼。	**Really, it's nothing much.** 銳力，以次 那幸 罵取
不要在意！	**Don't mention it.** 洞特 媚恩尋 衣特

❻ 對不起

我很抱歉。	**I'm sorry.** 愛母 受里
對不起。	**Sorry.** 受里
我道歉。	**I apologize.** 愛 惡趴了踽子
我對那事感到遺憾。	**I'm sorry about that.** 愛母 受里 惡抱特 列特
噢！對不起。	**Oops. Sorry.** 烏普司 受里
請原諒我。	**Please forgive me.** 普力司 佛給夫 蜜

對不起。	**Excuse me.** 衣克司哭尤司 密
對不起，先生 / 小姐。	**Excuse me, sir / ma'am.** 衣克司哭尤司 密，社兒 / 美恩
請你告訴我⋯好嗎？	**Would you please tell me…?** 巫的 油 普力司 貼歐 密
有誰知道⋯	**Does anybody know…?** 得司 宴尼巴地 諾⋯
對不起，能打擾你一分鐘嗎？	**Excuse me, do you have a minute?** 衣克司哭尤司 密，度 油 黑夫 惡 秘尼特
很抱歉打擾你，不過⋯。	**Sorry to bother you, but… .** 受里 兔 八得 油，八特⋯
我可以問 / 請求⋯。	**May I ask… .** 妹 愛 阿司可

再說一次好嗎？	**Pardon?** 趴兒等
再說一次好嗎？	**Excuse me?** 衣克司哭尤司 密
可以請你重複一遍嗎？	**Could you please repeat that?** 庫 秋 普力司 里屁特 列特
你介意再說一遍嗎？	**Do you mind saying that again?** 度 油 麥的 誰印 列特 惡給因
對不起，我剛剛沒有聽清楚。	**I'm sorry, I didn't catch that.** 愛母 受里，愛 低等特 可欸去 列特
你剛剛說什麼？	**What did you say?** 華特 低的 油 誰

（表示驚奇等）啊！糟了！	**Gosh!** 狗許！
（表示驚訝，讚賞等）哇！咦！啊！	**Gee!** 局！
這個嘛！	**Well!** 威歐！
（感嘆詞）真是的！	**Shoot!** 咻特！
（表示驚訝、狼狽、謝罪等的叫聲）哎喲！	**Oops!** 烏普司！
得了吧！	**Come on!** 抗母 昂！
噢，天啊！	**Oh, my!** 歐，麥！
沒這回事 / 不可能！	**No way!** 諾 威！

Part 3
旅遊會話

標記小貼士！

memo

▶ 看到句型有 ＿＿＿＿＿＿（波浪底線）時，代表這個地方的單字可以用下面的單字替換看看，就能變成全新的句子了！

▶ 2 個以上的中文拼音，下面有＿＿（底線）時，記得要把底線上的字，全部合起來唸成 1 個音。例如：his（他）要唸成「<u>喝伊</u>子」喔！

（小訣竅：「喝伊」念快一點，就變成「<u>喝伊</u>」囉！）

① 我要柳丁汁

Track ◎ 60

問	你想要喝點飲料嗎？

Would you like something to drink?

巫的 油 賴克 桑幸 兔 <u>准印</u>可

答	柳丁汁，謝謝。

Orange juice, please.

歐林局 啾司，普力司

換個單字念念看

咖啡	**Coffee** 摳福衣	水	**Water** 哇特
茶	**Tea** 替	紅酒	**Red wine** 瑞得 外印
蘋果汁	**Apple juice** 阿剖 啾司	啤酒	**Beer** 比兒
汽水	**Soda** 搜達		

 例句

不要加冰塊，謝謝你。	**No ice, please.** 諾 愛司，普力司
再來一杯啤酒，謝謝你。	**Another beer, please.** 惡那得 比兒，普力司
要些花生，謝謝你。	**Some peanuts, please.** 桑母 屁那此，普力司
一支吸管，謝謝你。	**A straw, please.** 惡 司抓，普力司
多加一點冰塊，謝謝你。	**More ice, please.** 某兒 愛司，普力司
再回沖一些咖啡，謝謝你。	**A refill, please.** 惡 里福衣歐，普力司
請給我一整罐。	**The whole can, please.** 得 厚 肯恩，普力司
雞尾酒要多少錢？	**How much is a cocktail?** 浩 罵取 以司 惡 卡庫貼歐
這是現搾的新鮮果汁嗎？	**Is the juice fresh-squeezed?** 以司 得 啾司 福銳許-司盔子
麻煩一下，我要去咖啡因的。	**Decaf, please.** 低卡夫，普力司

② 給我雞肉飯　　　Track ◎ 61

| 問 | 要雞肉飯還是魚排麵？ |

Chicken rice or fish noodles?
去肯 弱愛司 歐兒 福衣許 奴豆司

| 答 | 雞，謝謝你。 |

Chicken, please.
去肯，普力司

換個單字念念看

麵包	**Bread** 不瑞得	豬肉	**Pork** 迫兒可
沙拉	**Salad** 沙累的	素菜餐	**A vegetarian meal** 惡 飛局貼里恩 迷歐
水果	**Fruit** 福鹿特	兒童餐	**A child's meal** 惡 揣歐子 迷歐
牛肉	**Beef** 必福	牛排	**Steak** 司貼可

例句

我已經叫了一份嬰兒餐。	**I ordered an infant meal.** 愛 歐得的 欸恩 因份 迷歐
你們有沒有泡麵？	**Do you have instant noodles?** 賭 油 黑夫 因司天特 奴豆司
我可以再要一份餐嗎？	**Can I have another meal?** 肯 艾 黑夫 惡那得 迷歐
可以，如果我們有剩的話。	**Yes, if we have any left.** 也司，衣福 烏衣 黑夫 宴尼 累夫特
對不起，我們只剩魚麵。	**Sorry, we only have fish noodles left.** 受里，烏衣 歐里 黑夫 福衣許 奴都司 累夫特
可以請你幫我清一下餐盤嗎？	**Can you please clear my tray?** 肯 油 普力司 克力兒 麥 吹
幾點開始供應晚餐？	**What time will dinner be served?** 華特 太母 烏衣歐 迪呢 比 蛇夫的
我討厭飛機食物。	**I hate airplane food.** 愛 黑特 欸惡普練 父的

③ 請給我一條毛毯 Track ◎ 62

句型	請給我一條<u>毛毯</u>好嗎？

May I have a <u>blanket</u>, please?
妹 愛 黑夫 惡 不連<u>克衣</u>特，普力司

換個單字念念看

一個枕頭	**a pillow** 惡 屁漏
耳機	**ear phones** 衣兒 鳳司
一份中文報紙	**a Chinese newspaper** 惡 揣尼司 牛司配普兒
免稅商品目錄	**the duty-free catalogue** 得 丟梯-夫力 可特漏股
可以讓我小孩子可以玩的東西	**something for my kids to play with** 桑幸 佛 麥 <u>克衣</u>司 兔 撲淚 位子

④ 請問廁所在哪裡？

Track ◎ 63

句型　對不起，請問<u>廁所</u>在哪裡？

Excuse me, where is the <u>bathroom</u>?
衣克司<u>哭尤司</u> 密，惠兒 以司 得 貝司潤

換個單字念念看

洗手間	**the lavatory** 得 累否投里	閱讀燈	**the reading light** 得 瑞頂 來特
商務客艙	**business class** 逼及逆司 克拉司	逃生門	**the emergency exit** 得 衣門俊西 欸哥幾特
我的安全帶	**my seat belt** 麥 西次 背歐特	救生衣	**life vest** 來福 飛司特

 例句

我的旅行袋放不進去。	**My bag won't fit.** 麥 背哥 翁特 <u>福衣</u>特
對不起。	**Excuse me.** 衣克司<u>哭尤司</u> 密

我可以跟你換位子嗎？	**Can I switch seats with you?** 肯 艾 司位去 西此 位子 油
我可以把椅子放下來嗎？	**Can I recline my seat?** 肯 艾 里可來因 麥 西次
對不起，麻煩你把椅子拉上好嗎？	**Excuse me, can you put your seat up, please?** 衣克司哭尤司 密，肯 油 撲特 油兒 西次 阿普，普力司
這是免費的嗎？	**Is this free?** 以司 力司 夫力
洛杉磯幾點？	**What time is it in Los Angeles?** 華特 太母 以司 以特 印 樓杉局了司
您說什麼？	**Pardon me?** 趴兒等 秘
上午7點40分。	**It's seven forty a.m.** 以次 些分 否踢 欸 欸母
飛機上要播放哪一部電影？	**What movies will you be showing on this flight?** 華特 母逼司 烏衣歐 油 比 秀印 昂 力司 福來特
我可以坐在緊急出口處的那排座位嗎？	**Can I sit in an exit row?** 肯 艾 夕特 印 欸恩 欸哥幾特 落
我想要有更多空間把腳伸直。	**I like the extra leg room.** 艾 賴克 得 欸渴死出阿 淚哥 潤

⑤ 跟鄰座乘客聊天　　　Track ◎ **64**

問	你會說英文嗎？
	# Can you speak English?
	肯 油 司必可 英格力序

答	會，會一點。
	# Yes, a little.
	也司，惡 力頭

換個單字念念看

日文	**Japanese** 甲噴尼子	西班牙文	**Spanish** 司陪尼許
中文	**Chinese** 揣尼司	台語	**Taiwanese** 台灣尼司
德文	**German** 糾門	法文	**French** 福潤去

 例句

我正在學習中。	**I'm learning.** 愛母 樂玲
我的英文不太好。	**My English is not good.** 麥 英格力序 以司 那特 古得

你要去哪裡？	**Where are you going?** 惠兒 阿 油 勾印
是的，現在是到西雅圖旅行的最好時間。	**Yeah, it's the best time to visit Seattle.** 鴨，以次 得 背司特 太母 兔 比夕特 西阿頭
你是為了公事出差還是休閒旅遊？	**Are you traveling for business or for pleasure?** 阿 油 催否林 佛 逼及逆司 歐兒 佛 撲淚舅兒
我希望我可以去澳洲渡個假。	**I wish I could take a vacation to Australia.** 愛 位許 愛 庫得 貼克 兒 非克欽迅 兔 喔司吹力亞
你喜歡飛機上的食物對吧？	**Don't you just love airplane food?** 洞特 油 架司特 辣舞 欸惡普練 父的
你有小孩嗎？	**Do you have any kids?** 兔 油 黑夫 宴尼 克衣此
我兒子在美國讀書。	**My son is studying in the States.** 麥 撒恩 以司 司達頂 印 得 司貼此
你來自歐洲嗎？	**Are you from Europe?** 阿 油 夫讓 尤若普

⑥ 我是來觀光的

| 問 | 你旅行的目的為何？ |

What is the purpose of your visit?

華特 以司 得 普兒剖司 歐夫 油兒 逼及特

| 答 | 觀光。 |

Sight-seeing.

賽特 - 西因

換個單字念念看

| 讀書 | **For study**
佛 司答滴 | 探親 | **Visiting relatives**
逼及聽 銳連梯司 |
| 工作 | **Business**
逼及逆司 | 拜訪朋友 | **Visiting friends**
逼及聽 夫連此 |

⑦ 我住達拉斯的假期酒店

| 問 | 你會待在哪裡？ |

Where will you stay?

惠兒 烏衣歐 油 司爹

| 答 | 達拉斯的假期酒店。 |

At the Holiday Inn in Dallas.

欸特 得 哈了爹 因 印 達拉司

換個單字念念看

| 和朋友住 | **With my friends**
位子 麥 夫連此 | 和家人 | **With family**
位子 飛門力 |

和同事	**With my colleague** 位子 麥 咖力哥

在希爾頓 飯店	**At the Hilton** 欸特 得 喝依歐藤

在學校的 宿舍	**In the school dorms / In the school dormitory** 因 得 撕固歐 豆兒母司 / 因 得 撕固歐 豆兒迷投里

 例句

你有朋友的地址嗎？	**Do you have your friend's address?** 賭 油 黑夫 油兒 夫連此 欸最司
我現在沒有帶地址。	**I don't have the address with me now.** 愛 洞特 黑夫 得 欸最司 位子 密 鬧
我朋友住在芝加哥。	**My friend lives in Chicago.** 麥 夫連得 力五司 印 噓咖夠
我不太會說英文。	**I don't speak English well.** 愛 洞特 司必可 英格力序 餵歐
我兒子會在甘迺迪機場接我。	**My son will pick me up at JFK Airport.** 麥 撒恩 烏衣歐 屁可 密 阿普 欸特 尖欸福克欸 欸兒剖特
是的，這是飯店的地址。	**Yeah, the address of the hotel is here.** 鴨，得 欸最司 歐夫 得 后貼歐 以司 喝伊兒
租車服務台在哪裡？	**Where are the car rental agencies?** 惠兒 阿 得 卡兒 瑞恩投 欸俊夕司

Part
1
50個超好用句型

Part
2
日常簡單用語

Part
3
旅遊會話

旅館有提供小型巴士載客服務嗎？	**Does the hotel have a van?** 得司 得 后貼歐 黑夫 惡 <u>非恩</u>

➡ **Topic 1 · 在飛機上**

 ◀ **⑧ 我停留十四天** | Track ◎ **67**

問	你會停留多久呢？

How long will you stay?
好 弄 <u>烏衣歐</u> 油 司爹

答	<u>十四天</u>。

14 days.
否聽 爹司

換個單字念念看

只有五天	**Only five days** 翁力 壞夫 爹司	一個月	**A month** 惡 <u>馬恩司</u>
一個禮拜	**A week** 惡 <u>烏衣</u>可	大概十天	**About ten days** 惡抱特 貼嗯 爹司
大概兩個禮拜	**About two weeks** 惡抱特 兔 <u>烏衣渴死</u>	半年	**Half a year** 哈福 惡 易兒

⑨ 我要換錢

Track ◎ **68**

我想兌換五千台幣，謝謝你。	**I want to exchange 5000 NT dollars, please.** 愛 旺 兔 衣克司勸局 懷夫刀怎 恩梯 打了司，普力司
現在的兌幣匯率是多少？	**What is the exchange rate?** 華特 以司 得 衣克司勸局 銳特
旅行支票兌現，麻煩你。	**I'd like to cash a traveler's check, please.** 艾得 賴克 兔 卡許 惡 吹佛了司 卻克，普力司
台幣換成美金。	**From NT to US dollars.** 夫讓 恩替 兔 油司 打了司
台幣換成歐元。	**From NT to Euros.** 夫讓 恩替 兔 尤弱司
你可以把一百元換成小鈔嗎？	**Can you break a hundred?** 肯 油 布銳可 惡 憨醉的
麻煩你給我一些小鈔。	**Small bills, please.** 司眸 必歐司，普力司
手續費是多少錢？	**How much is the commission?** 浩 罵取 以司 得 抗秘迅
請在這裡簽名。	**Please sign here.** 普力司 賽印 喝伊兒
護照，麻煩你。	**Passport, please.** 扒司剖特，普力司

⑩ 您有需要申報的東西嗎？　　Track ◎ 69

問	麻煩你把袋子打開。這是什麼？

Would you open your bag, please? What's this?

巫的 油 歐噴 油兒 背哥，普力司？華次 力司？

答	這是我的照相機。

It's my camera.

以次 麥 克欸門拉

換個單字念念看

化妝品	**make-up** 妹克-阿普	給我孫子 的禮物	**gift for my grandson** 給夫特 佛 麥 古瑞恩得桑
胃藥	**medicine for my stomach** 媚的森 佛 麥 司達秘可	書	**book** 不可
安眠藥罐	**bottle of sleeping pills** 巴頭 歐夫 司力拼 屁歐司	衣服	**clothes** 可漏司
筆記型電腦	**lap-top computer** 累普-他普 卡母普尤特		

例句

先生，有需要申報的東西嗎？	**Anything to declare, sir?** 宴尼幸 兔 地克淚兒，舍
你想要檢查多少個旅行袋？	**How many bags do you want to check?** 浩 妹尼 背哥司 賭 油 旺 兔 卻克
你有多少行李？	**How many pieces of luggage do you have?** 浩 妹尼 屁司 歐夫 辣哥衣局 賭 油 黑夫
我可以在哪裡拿到行李推車？	**Where can I get a luggage cart?** 惠兒 肯 艾 給特 惡 辣哥衣局 卡兒特
行李領取處在哪裡？	**Where is the baggage claim?** 惠兒 以司 得 貝哥衣局 可淚母
失物招領處在哪裡？	**Where is the lost and found?** 惠兒 以司 得 漏司特 欸恩得 放的
詢問處理遺失行李的櫃檯在哪裡？	**Where is the lost luggage counter?** 惠兒 以司 得 漏司特 辣哥衣局 抗恩特
我想我的背包已經被用壞了。	**I think my bag has been damaged.** 愛 幸克 麥 背哥 黑司 必因 達秘局的
我該怎麼申請賠償？	**How can I file for compensation?** 浩 肯 艾 壞歐 佛 康朋誰迅
我該去哪裡通過海關檢查？	**Where can I go through customs?** 惠兒 肯 艾 夠 司路 卡司疼司

Part
1
50個超好用句型

Part
2
日常簡單用語

Part
3
旅遊會話

好的，你現在可以離開了。	**OK, you can go now** 歐克欸，油 肯 夠 鬧

好用單字

手提行李	**carry-on bag** 克欸里-昂 背哥	頭等艙	**first class** 福兒司特 可拉司
超重	**overweight** 歐福兒威特	檢查	**check** 卻克
經濟客艙	**economy class** 衣康呢秘 可拉司	機場服務中心	**Airport Information Center** 欸兒剖特 印佛妹迅 仙特
商務客艙	**business class** 逼及逆司 可拉司	公事包	**briefcase** 布里福克欸司

➡ Topic 1 · **在飛機上**

 ⑪ **轉機**　　　　　　　　Track ◎ **70**

轉機服務台在哪裡？	**Where is the transfer desk?** 惠兒 以司 得 全司福兒 爹司克
我要過境到達拉斯。	**I need to transit to Dallas.** 艾 逆得 兔 全夕特 兔 達拉司

班機何時出發？	**When will the flight depart?** 惠恩 烏衣歐 得 福來特 低趴特
登機時間是幾點？	**What's the boarding time?** 華次 得 伯頂 太母
16號登機門在哪裡？	**Where is Gate No. 16?** 惠兒 以司 給特 難本兒 夕可司停
我該如何去第三航廈？	**How do I get to Terminal 3?** 浩 賭 愛 給特 兔 特迷呢歐 素力
我的背包必須再檢查一次。	**I need to recheck my bags.** 艾 逆得 兔 里切可 麥 背哥司
我需要辦新的登機證嗎？	**Do I need a new boarding pass?** 賭 艾 逆得 惡 紐 伯頂 趴司

➡ Topic 1・ **在飛機上**

 ⑫ 怎麼打國際電話？ Track ◎ **71**

對不起，你有一元美金的零錢嗎？	**Excuse me, do you have change for a dollar?** 衣克司哭尤司 密，賭 油 黑夫 勸局 佛 惡 答了

撥打本地電話是多少錢？	**How much is a local call?** 浩 罵取 以司 惡 漏扣 扣
35塊錢可以打幾分鐘的電話？	**35 for how many minutes?** 蛇踢懷夫 佛 浩 妹尼 迷你次
這附近有公共電話嗎？	**Is there a public phone around here?** 以司 淚兒 惡 怕伯力可 鳳 餓讓得 喝伊兒
你可以教我怎麼打電話嗎？	**Can you show me how to make a phone call ?** 肯 油 秀 密 浩 兔 妹克 惡 鳳 扣
要怎麼打對方付費的電話？	**How do you make a collect call?** 浩 賭 油 妹克 惡 卡淚可特 扣
首先撥0，總機會幫你服務。	**Just dial "0". The operator will help you.** 架司特 逮歐 "記弱" 得 阿普兒瑞特 烏衣歐 黑歐普 油
我想要打一通對方付費的電話。	**I'd like to make a collect call.** 艾得 賴克 兔 妹克 惡 可累可特 扣

⓭ 我要打市內電話　　　Track ◎ 72

喂！	**Hello!** 哈囉
嗨！我是南希，鮑伯在家嗎？	**Hi. This is Nancy. Is Bob there?** 害 力司 以司 南希。以司 巴伯 淚兒
他剛剛外出。	**He just stepped out.** 喝伊 架司特 司貼普特 傲特
那麼請你轉告他，我來電過待會兒再打給他。	**Would you please tell him that I called and I'll call back later.** 巫的 油 普力司 貼歐 喝伊母 淚特 愛 扣的 欸恩得 艾歐 扣 貝克 淚特
好的，我會轉告他的。	**Ok. I'll give him the message.** 歐克欸 艾歐 給夫 喝伊母 得 妹誰局

美國錢幣介紹

一元鈔票	**a dollar bill** 惡 答了 必歐	五分錢	**a nickel: 5¢** 惡 尼扣：懷夫 仙此
1便士：一分錢	**a penny: 1¢(cent)** 惡 配尼：萬 仙特(仙特)	1角：10分錢	**a dime: 10¢** 惡 呆母：天 仙此

Part

1

50個超好用句型

Part

2

日常簡單用語

Part

3

旅遊會話

2角5分	**a quarter: 25¢** 惡 闊特：團體壞夫 仙此	一元硬幣	**one-dollar coin: $1.00** 萬-答了 口印：萬 打了
五角銀幣	**a fifty-cent piece: 50¢** 惡 福衣福梯-仙特 屁司：費夫梯 仙此	五元紙鈔	**five-dollar bill: $5.00** 壞夫-答了 必歐：壞夫 達了司

➔ Topic 1 · 在飛機上

⑭ 請給我一份市區地圖　　　Track ◎ 73

句型　請給我一份<u>市區地圖</u>。

A city map, please.

兒 西替 妹普，普力司

換個單字念念看

紐約市導覽	**A New York City Guide** 惡 紐 有克 西替 蓋得	公車路線說明（地圖）	**Bus routes (map)** 巴士 繞此 (妹普)
一日遊資訊	**One-day Tour Info** 萬爹 兔兒 印佛	市區飯店清單	**A list of hotels downtown** 惡 力司特 歐夫 后貼歐司 當湯
滑雪行程資訊	**Skiing Tour Info** 司<u>哥衣因</u> 兔兒 印佛		

① 我要訂一間單人房

句型 我要預約單人房。

I want to reserve a single room.
愛 旺 兔 瑞色五 惡 欣勾 潤

換個單字念念看

雙人床	**a twin room** 惡 禿鷹 潤	附淋浴的房間	**a room with a shower** 惡 潤 位子 惡 蕭兒
兩張床	**a double room** 惡 答伯 潤	附冷氣的房間	**a room with air-conditioning** 惡 潤 位子 欸兒-看低訓寧
四人房間	**a four-person room** 惡 否兒-普兒神 潤	可以看到海的房間	**a room with an ocean view** 惡 潤 位子 欸恩 歐巡 福尤

序數的說法

一	**first** 福兒司特	五	**fifth** 福衣福思
二	**second** 誰肯的	六	**sixth** 夕可思
三	**third** 色的	二十一	**twenty-first** 團體-福兒司特
四	**fourth** 否兒思	三十	**thirtieth** 色梯也思

② 我要住宿登記

Track ◎ **75**

我叫陳明。	**My name is Chen Ming.** 麥 念 以司 陳 明
我有預約。	**I have a reservation.** 愛 黑夫 惡 瑞者非迅
我沒有預約。	**I don't have a reservation.** 愛 洞特 黑夫 惡 瑞者非迅
我今晚想住宿。	**I need a room for the night.** 艾 逆得 惡 潤 佛 得 耐特
有空房間嗎？	**Do you have a room available?** 賭 油 黑夫 惡 潤 惡飛了伯
我們有訂房，名字是陳明。拼法是 C-H-E-N M-I-N-G。	**We have a reservation under Chen Ming. That's C-H-E-N M-I-N-G.** 烏衣 黑夫 惡 瑞者非迅 昂得 陳 明。列此 夕-欸去-衣-燕 欸母-愛-燕-局
我們何時可登記入住？	**When can we check in?** 惠恩 肯 烏衣 卻克 印
我現在可以住宿登記嗎？	**Can I check in now?** 肯 艾 卻克 印 鬧

包含早餐嗎？	**Is breakfast included?** 以司 不雷克費司特 印庫路迪
電梯哪裡？	**Where is the elevator?** 惠兒 以司 得 欸了飛特
你可以給我飯店的號碼嗎？	**Can you give me the hotel's number?** 肯 油 給夫 密 得 后貼歐次 難本兒
一晚住宿是多少錢？	**How much for one night?** 浩 罵取 佛 萬 耐特
還有更便宜的房間嗎？	**Are there any cheaper rooms?** 阿 淚兒 宴尼 去普兒 潤司
你有大一點的房間嗎？	**Do you have a bigger room?** 賭 油 黑夫 惡 逼哥兒 潤
三個人可住在同一間房間嗎？	**Can three people stay in a room?** 肯 素力 匹剖 司爹 印 惡 潤
退房是幾點？	**When is the checkout time?** 惠恩 以司 得 切克奧特 太母

③ 我要客房服務

Part
1
50個超好用句型

Part
2
日常簡單用語

Part
3
旅遊會話

有提供客房服務嗎？	**Do you have room service?** 賭 油 黑夫 潤 舍逼司
客房服務您好，有什麼我可以效勞的嗎？	**Room Service, may I help you?** 潤 舍逼司，妹 愛 黑歐普 油
這裡是503號房。我想要叫早餐。	**Yes, this is room 503. I'd like to order some breakfast.** 也司，力司 以司 潤 壞夫歐素力。艾得 賴克 兔 歐得 桑母 不雷克費司特
你們有洗衣服務嗎？	**Do you have laundry service?** 賭 油 黑夫 藍醉 舍逼司
我想打市內電話。	**I want to make a local call.** 愛 旺 兔 妹克 惡 樓扣 扣
我想打長途電話。	**I want to make a long-distance call.** 愛 旺 兔 妹克 惡 弄-低司疼司 扣
我想打國際電話。	**I want to make an international call.** 愛 旺 兔 妹克 欸恩 因特內巡弄 扣
我想寄明信片。	**I'd like to send a postcard.** 艾得 賴克 兔 先得 惡 剖司特卡兒的

我要傳真。	**I'd like to send a fax.** 艾得 賴克 兔 先得 惡 非渴死
我可以用網路嗎？	**Could I use the Internet?** 庫得 愛 油司 得 印特內特

→ Topic 2 · 飯店

④ 麻煩給我兩杯咖啡   Track ◎ **77**

句型   可以麻煩給我兩杯咖啡嗎？

Would you bring me two cups of coffee?

巫的 油 布玲 密 兔 卡普司 歐夫 搵福衣

換個單字念念看

一杯茶	**a cup of tea** 惡 卡布 歐夫 替	一壺 熱開水	**a pot of hot water** 惡 趴特 歐夫 哈特 哇特
一杯啤酒	**a glass of beer** 惡 哥拉司 歐夫 比兒	一些 新鮮水果	**some fresh fruit** 桑母 福銳婿 福鹿特

◀ ⑤ 我要吐司

Track ◎ **78**

句型	我要吐司。

I'd like toast.

艾得 賴克 投司特

換個單字念念看

煎餅	**pancakes** 偏克欸可司	比薩	**pizza** 披薩
培根	**bacon** 背肯	三明治	**a sandwich** 惡 先得位娶
火腿加蛋	**ham and eggs** 黑母 欸恩得 欸哥司	臘腸	**sausage** 收夕急

◀ ⑥ 房裡冷氣壞了

Track ◎ **79**

句型	我房間的電視壞了。

The TV in my room is broken.

得 梯逼 印 麥潤 以司 不肉肯

換個單字念念看

鎖	**lock** 拉可	暖氣	**heater** 喝伊特

迷你吧	**mini-bar** 迷你-吧	鬧鐘	**alarm clock** 惡拉母 可拉可
按摩浴缸	**Jacuzzi** 基庫記	吹風機	**hair-drier** 黑兒-踤兒
冷氣	**air conditioner** 欸兒 抗低訓呢	傳真	**fax machine** 發克斯 妹尋

句型	我可以要一條乾淨的床單嗎？

Can I have a clean sheet, please?

肯 艾 黑夫 惡 可林 噓特，普力司

換個單字念念看

一些衣架	**some hangers** 桑母 黑恩哥司	一些乾淨 的毛巾	**some clean towels** 桑母 可林 桃歐司
一些冰塊	**some ice** 桑母 愛司	熨斗	**an iron** 欸恩 愛人
枕頭	**a pillow** 惡 屁漏	吹風機	**a hair-drier** 惡 黑兒-踤兒

 例句

我把鑰匙忘在房裡了。	**I left my key in the room.** 愛 淚夫特 麥 克衣 印 得 潤
我鑰匙丟了。	**I've lost my key.** 愛福 漏司特 麥 克衣
我忘記我的房號了。	**I forgot my room number.** 愛 佛嘎特 麥 潤 難本兒
請換床單。	**Please change the sheets.** 普力司 勸局 得 噓此
馬桶的水沖不下去。	**The toilet doesn't flush well.** 得 偷衣淚特 得怎特 福辣許 餵歐
沒有毛巾。	**There are no towels.** 淚兒 阿 諾 桃歐司
沒有衛生紙。	**There's no toilet paper.** 淚兒次 諾 偷衣淚特 配普兒
你可以教我怎麼用保險箱嗎？	**Could you show me how to use the safe?** 庫 油 秀 密 浩 兔 油司 得 誰福
我可以換到禁煙的房間嗎？	**Can I change to a non-smoking room?** 肯 艾 勸局 兔 惡 囊-司末克印 潤
請清掃我的房間。	**Please clean up my room.** 普力司 可林 阿普 麥 潤

毛毯	**blanket** 不連克衣特	床罩	**bed spread** 貝得 司普銳的
肥皂	**soap** 受普	檯燈	**lamp** 練普
棉被	**comforter** 康佛特	水龍頭	**faucet** 發夕特
床單	**sheet** 噓特	浴缸	**bathtub** 貝司達布
插座	**power outlet** 跑兒 傲特淚特	（櫃台） 保險櫃	**safe deposit box** 誰夫 低趴夕特 爸克司
（電線） 插頭	**plug** 普辣哥	冰箱	**refrigerator** 銳福衣局銳特

➲ Topic 2・飯店

❼ 我要退房　　　　　　　　　　Track ◎ **80**

我想退房。	**I want to check out.** 愛 旺 兔 卻克 奧特
我幾分鐘後就退房。	**I'll be checking out in a few minutes.** 艾歐 比 切可因 奧特 印 惡 福尤 迷你次

我很急。	**I'm in a hurry.** 愛母 印 惡 喝瑞
麻煩你請人幫忙我拿行李好嗎？	**Can you send someone up for my luggage, please?** 肯 油 先得 桑母彎 阿普 佛 麥 辣哥衣局，普力司
請問我可以延長我的住房天數嗎？	**Is it possible for me to extend my stay?** 以司 以特 趴蛇剝 佛 密 兔 一哥司天 麥 司爹
我覺得可能有錯誤。	**I think there might be a mistake.** 愛 幸克 淚兒 賣特 比 惡 秘司貼克
這一項是什麼？	**What is this entry for?** 華特 以司 力司 宴催 佛
我沒使用迷你吧。	**I didn't use the mini-bar.** 愛 低等特 油司 得 迷你-吧
我沒有叫客房服務。	**I didn't order room service.** 愛 低等特 歐得 潤 舍逼司
這含稅嗎？	**Is this including tax?** 以司 力司 因庫丁 貼渴死
請問你們接受現金嗎？	**Do you accept cash?** 賭 油 欸塞普特 卡許
你們接受信用卡嗎？	**Do you accept credit cards?** 賭 油 欸塞普特 克瑞滴特 卡兒次

① 附近有義大利餐廳嗎？ Track ◎ 81

句型	附近有義大利餐廳嗎？

Is there an Italian restaurant around here?

以司 淚兒 欸恩 義大利恩 瑞司特讓 餓讓得 喝伊兒

換個單字念念看

日式餐廳	**a Japanese restaurant** 惡 甲噴尼子 瑞司特讓	越南餐廳	**a Vietnamese restaurant** 惡 夫燕呢秘子 瑞司特讓
墨西哥餐廳	**a Mexican restaurant** 惡 妹克細肯 瑞司特讓	印尼餐廳	**an Indonesian restaurant** 欸恩 因斗尼珍 瑞司特讓
印度餐廳	**an Indian restaurant** 欸恩 因低嗯 瑞司特讓	泰國餐廳	**a Thai restaurant** 惡 太 瑞司特讓
中國餐廳	**a Chinese restaurant** 惡 揣尼司 瑞司特讓	西班牙餐廳	**a Spanish restaurant** 惡 司班尼許 瑞司特讓
韓國餐廳	**a Korean restaurant** 惡 可里恩 瑞司特讓		

 例句

Part
1
50個超好用句型

Part
2
日常簡單用語

Part
3
旅遊會話

他們有海鮮嗎？	**Do they have seafood?** 賭 淚 黑夫 夕父的
那裡的菜好吃嗎？	**Is the food good there?** 以司 得 父的 古得 淚兒
那裡有什麼好吃的菜？	**What's good there?** 華次 古得 淚兒
它在哪裡？	**Where is it?** 惠兒 以司 衣特
你推薦些什麼？	**What do you recommend?** 華特 賭 油 瑞肯妹恩得
那很貴嗎？	**Is it expensive?** 以司 以特 衣克司配夕五
你覺得酒單的內容如何呢？	**How is the wine list?** 浩 以司 得 外印 力司特
那裡的氣氛怎麼樣？	**What's the atmosphere like?** 華次 得 欸特門司福衣兒 賴克

② 我要預約

句型 我要預約<u>兩人</u>，<u>今晚六點</u>。

I want to make a reservation for 2 people at 6:00 tonight.

愛 旺 兔 妹克 惡 瑞者非迅 佛 兔 匹剖 欸特 稀客司 兔耐特

換個單字念念看

八人 / 今晚七點	**8 people / 7:00 tonight** 欸特 匹剖 / 誰吻 兔耐特
四人 / 明晚約八點	**4 people / 8:00 tomorrow night** 否兒 匹剖 / 欸特 土馬肉 耐特
兩人 / 週六晚上六點	**2 people / 6:00 on Saturday night** 兔 匹剖 / 稀客司 昂 沙特爹 耐特
兩大人和一小孩 / 7月7日十二點	**2 adults and 1 child / 12:00 on July 7th** 兔 惡豆此 欸恩得 萬 揣歐的 / 退歐福 昂 九來 誰吻司

例句

套餐多少錢？	**How much is the set meal?** 浩 罵取 以司 得 誰特 迷歐
我們可以坐靠窗的位子嗎？	**Can we have a table by the window?** 肯 <u>烏衣</u> 黑夫 惡 貼剖 百 得 <u>烏因豆</u>

Part
1
50個超好用句型

Part
2
日常簡單用語

Part
3
旅遊會話

有沒有吸煙區？	**Is there a smoking section?** 以司 淚兒 惡 司某克印 誰克迅
有。	**Yes.** 也司
沒有。	**No.** 諾
你們有服儀規定嗎？	**Do you have a dress code?** 賭 油 黑夫 惡 最司 扣得
有的，請您穿外套繫領帶。	**Yes, please wear a jacket and a tie.** 也司，普力司 威兒 惡 甲克 欸恩得 惡 太
不，我們沒有（規定）。	**No, we don't have one.** 諾，烏衣 洞特 黑夫 萬
可以讓寵物進去嗎？	**Are pets allowed?** 阿 配此 惡老的
我們要等多久？	**How long is the wait?** 好 弄 以司 得 未特

③ 我要點菜

Track ◎ 83

我已準備好要點菜。	**I'm ready to order.** 愛母 瑞地 兔 歐得
麻煩你給我看一下菜單。	**Can I see a menu, please?** 肯 艾 西 惡 妹牛，普力司
你推薦些什麼呢？	**What do you recommend?** 華特 賭 油 瑞肯妹恩得
要不要來點魚和馬鈴薯片？	**How about some fish and chips?** 浩 惡抱特 桑母 福衣許 欸恩得 去普司
你們有什麼沾醬？	**What kind of dressing do you have?** 華特 開恩的 歐夫 最幸 賭 油 黑夫
你們有沒有其它不同的沙拉醬？	**Do you have any different salad dressings?** 賭 油 黑夫 宴尼 低福潤特 沙累的 最幸司
我要這個。	**This one, please.** 力司 萬，普力司
我可以要一個小盤子嗎？	**Can I have a small plate, please?** 肯 艾 黑夫 惡 司眸 普淚特，普力司
水就可以，謝謝。	**Just water, thanks.** 架司特 哇特，仙渴死
今天的特餐是什麼？	**What is today's special?** 華特 以司 土爹司 司背秀

④ 你有義大利麵嗎？　　　Track ◎ 84

句型	你有<u>義大利麵</u>嗎？

Do you have spaghetti?

賭 油 黑夫 司趴給梯

換個單字念念看

漢堡	**hamburgers** <u>黑母剝哥司</u>	生魚片	**sashimi** 沙西秘
牛肉湯麵	**beef noodle soup** 比福 奴豆 速普	咖哩飯	**curry rice** 可瑞 <u>弱愛</u>司
比薩	**pizza** 披薩	烤馬鈴薯	**baked potatoes** 背可 剖貼投司
三明治	**sandwich(es)** 先得位娶(司)	韓國烤肉	**Korean BBQ（barbecues）** 可里恩 八比<u>可尤</u>（八比<u>可尤</u>司）
火鍋	**hot pot** 哈特 趴特		

⑤ 給我火腿三明治

Track ◎ **85**

句型 給我火腿三明治。

I'll have the ham sandwich.
艾歐 黑夫 得 黑母 先得位娶

換個單字念念看

燉牛肉	**beef stew** 比福 司丟	烤劍魚排	**grilled swordfish steak** 古瑞歐的 受的福衣許 司貼可
漢堡肉排	**hamburg steak** 黑母剝哥 司貼可	煎焗彩紅鱒魚	**pan-fried rainbow trout** 片恩-福弱愛的 銳恩剝 翠傲特
蒸龍蝦尾	**steamed lobster tail** 司梯母的 拉布司特 貼歐	烤蝦 & 扇貝	**grilled shrimp & scallops** 古瑞歐的 順令普 欸恩的 司夠了普司
烤鮭魚	**grilled salmon** 古瑞歐的 沙夢		

⑥ 給我果汁

Track ◎ **86**

問	要不要喝點飲料？

Would you like something to drink?

巫的 油 賴克 桑幸 兔 准印可

答	好，請給我咖啡。

Yes. I'd like coffee, please.

也司 艾得 賴克 摳福衣，普力司

換個單字念念看

果汁	**juice** 啾司	蘋果西打	**apple cider** 阿剖 塞得
礦泉水	**mineral water** 迷了囉 哇特	檸檬汽水	**lemon fizz** 檸檬 福衣子
茶	**tea** 替	冰咖啡	**iced coffee** 愛司的 摳福衣
熱可可	**hot chocolate** 哈特 洽可力特	濃縮咖啡	**espresso** 欸司普瑞受
可樂	**Coke** 口渴	卡布奇諾	**cappuccino** 卡布奇諾
冰沙	**a smoothie** 惡 司母地	歐雷咖啡 （拿鐵咖啡）	**cafe au lait** 咖啡 歐雷

⑦ 給我啤酒

問	您想要喝些什麼嗎？

What would you like to drink?
華特 巫的 油 賴克 兔 准可

答	啤酒，麻煩你。

Beer, please.
比兒，普力司

換個單字念念看

一杯葡萄酒	**A glass of wine** 惡 哥拉司 歐夫 外印	雪利酒	**Sherry** 雪利
自製的酒	**House wine** 好司 外印	白酒	**White wine** 准特 外印
百威啤酒	**Budweiser** 爸得外子	紅酒	**Red wine** 瑞得 外印
一瓶啤酒	**A bottle of beer** 惡 巴頭 歐夫 比兒	白蘭地	**Brandy** 布蘭地
生啤酒	**Draft beer** 抓夫特 比兒	香檳	**Champagne** 香配恩

⑧ 我還要甜點　　Track ◎ 88

問　你想要來點蛋糕嗎？

Do you want some cake?
賭 油 旺特 桑母 克欸可

答　當然！

Sure!
秀耳

換個單字念念看

冰淇淋	**some ice cream** 桑母 愛司 可里母	櫻桃派	**some cherry pie** 桑母 切里 派
蘋果派	**some apple pie** 桑母 阿剖派	巧克力蛋糕	**some chocolate cake** 桑母 洽可力特 克欸可
聖代	**a sundae** 惡 桑爹	覆盆子塔	**some raspberry tart** 桑母 瑞司北瑞 塔特
香蕉奶昔	**a banana milk shake** 惡 八那那 迷歐可 誰可	鬆餅	**a waffle** 惡 哇佛
起司蛋糕	**some cheesecake** 桑母 起司克欸可	布朗尼（果仁巧克力）	**a brownie** 惡 布朗尼

| 問 | 你想吃甜點（喝飲料）嗎？ |

Do you want some dessert?
(Do you want something to drink?)

賭 油 旺特 桑母 低擇特？（賭 油 旺特 桑幸 兔 准印可？）

| 答 | 起司蛋糕，麻煩你。 |

Cheese cake, please.

起司 克欻可，普力司

換個單字念念看

冰淇淋	**Ice cream** 愛司 可里母	布丁	**Pudding** 普丁
馬芬 (杯子蛋糕)	**A muffin** 惡 馬芬	司康	**A scone** 惡 司共
無咖啡因 咖啡	**Decaf coffee** 低卡夫 摳福衣	冰摩卡咖 啡	**An iced-mocha** 欸恩 愛司的-某卡
黑咖啡	**Black coffee** 不累可 摳福衣	只要糖， 不要奶精	**Sugar and no cream** 咻哥 欸恩得 諾 可里母

你們有餐巾嗎？	**Do you have a napkin?** 賭 油 黑夫 惡 那普金
請回沖，謝謝。	**I'd like a refill, please.** 艾得 賴克 惡 銳福衣歐，普力司
這是冰淇淋派嗎？	**Is the pie a la mode?** 以司 得 派 惡 拉 謀的
可以再給我一些麵包嗎？	**Some more bread, please?** 桑母 摸兒 不瑞得，普力司
可以幫我拿一下鹽嗎？	**Could you pass the salt, please?** 庫 油 趴司 得 收特，普力司
可以給我水嗎？	**Can I have some water?** 肯 艾 黑夫 桑母 哇特
不好意思，我的叉子（刀子／湯匙）掉了。	**Excuse me, I dropped my fork (knife / spoon).** 衣克司哭尤司 密，愛 抓普的 麥 否兒可（奈福／司撲恩）
我可以要一個茶匙嗎？	**Can I have a teaspoon?** 肯 艾 黑夫 惡 踢司撲恩
我叫了咖啡，但是還沒有來。	**I ordered coffee, but it hasn't come yet.** 愛 歐得的 摳福衣，八特 以特 哈怎特 抗母 也特
這個蛋糕真好吃，我一定要找到它的食譜。	**This cake is delicious. I must get the recipe.** 力司 克欽可 以司 低力秀司。愛 媽司特 給特 得 銳奢屁

⑨ 吃牛排

問	你的牛排要幾分熟？

How do you like your steak?

浩 賭 油 賴克 油兒 司貼可

答	三分。

Rare.

銳兒

換個單字念念看

五分	**Medium** 迷弟恩	全熟	**Well-done** 餵歐-當
七分	**Medium-well** 迷弟恩-餵歐		

好用單字

馬鈴薯泥	**mashed potatoes** 媽許的 趴貼投司	小牛肉	**veal** 福衣歐
雞胸肉	**chicken breast** 去肯 布銳司特	羊肉	**mutton** 媽疼

龍蝦	**lobster** 拉布司特		生蠔	**oysters** 歐乙司特
大蝦	**prawns** 撲浪司		沙朗牛排	**sirloin** 社落印
鮭魚	**salmon** 沙蒙			

 Topic 3・用餐

⑩ 墨西哥料理也不錯

Track ◎ 90

馬上用得到的單字

脆塔可餅	**taco** 塔口		酪梨	**avocado** 阿發咖斗
墨西哥捲	**fajita** 發基踏		墨西哥點心	**sopapillas** 受趴屁阿司
辣椒起司薄片	**nachos** 那球子		莎莎醬（墨西哥醬料）	**salsa** 沙歐沙
墨西哥玉米脆片	**chips** 去普司		起司	**queso** 克欵受
墨西哥玉米薄餅	**tortillas** 頭梯兒司			

⑪ 在早餐店

問	你要怎樣料理你的雞蛋？

How do you want your eggs?
浩 賭 油 旺特 油兒 欸哥司

答	炒的。

Scrambled.
司可連剝

換個單字念念看

單面煎	**Sunny-side up** 沙你-賽得 阿普	煮（生蛋整顆放到水裡煮熟）	**Boiled** 剝油的
荷包蛋	**Over-easy** 歐福兒-衣記	水煮（生蛋去殼放到水裡煮熟）	**Poached** 剖去的
半熟荷包蛋	**Over-medium** 歐福兒-迷弟恩		

⑫ 在速食店

Track ◎ 92

Part
1
50個超好用句型

Part
2
日常簡單用語

Part
3
旅遊會話

句型	我要一個起司漢堡。

I want a cheeseburger.
愛 旺特 惡 起司本兒哥

換個單字念念看

一個麥香堡	**a Big Mac** 惡 必哥 妹克
一些雞塊	**some chicken nuggets** 桑母 去肯 那給此
一個魚排堡	**a fish-fillet** 惡 福衣許-粉淚特
一份大薯條	**a large fries** 惡 拉兒局 福弱愛子
一個蘋果派	**an apple pie** 欸恩 阿剖 派
一個冰淇淋	**an ice cream** 欸恩 愛司 可里母
一個草莓聖代 （巧克力 / 香草）	**a strawberry sundae (chocolate / vanilla)** 惡 司抓背里 桑爹（洽可力特 / 粉尼拉）
一個火雞肉三明治	**a turkey sandwich** 惡 特兒-克衣 先得位娶

例句

內用或是外帶？	**For here, or to go?** 佛 喝伊兒，歐兒 兔 勾
內用，謝謝。	**For here, please.** 佛 喝伊兒，普力司
外帶，謝謝。	**Make it to go, please.** 妹克 以特 兔 勾，普力司
可樂要多大杯？	**What size (of) Coke would you like?** 華特 賽子 （歐夫）口渴 巫的 油 賴克
我要大（中 / 小）的。	**Large(medium / small),please.** 拉兒局（迷弟恩 / 司眸），普力司
您要哪種麵包？	**What kind of bread would you like?** 華特 開恩的 歐夫 不瑞得 巫的 油 賴克
您要放蕃茄醬嗎？	**Would you like ketchup on it?** 巫的 油 賴克 克欸恰普 昂 衣特
我不要洋蔥。	**Without onions, please.** 位子奧特 歐尼恩司，普力司

⑬ 付款　　　　　　　　　　　Track ◎ 93

我去拿帳單。	**Let me get the bill.** 累特 密 給特 得 必歐
我們各付各的吧。	**Let's go dutch.** 列此 夠 達去
我來付帳。	**It's on me.** 以次 昂 密
我堅持這次由我來付帳。	**It's my treat. I insist.** 以次 麥 催特，愛 因夕司特
麻煩你，我要買單。	**Can I have the bill, please?** 肯 艾 黑夫 得 必歐，普力司
在這裡付，還是在櫃台付？	**Do I pay here or at the cashier?** 賭 愛 配 喝伊兒 歐兒 欸特 得 卡許兒
一個馬芬和一杯拿鐵咖啡共是多少錢？	**How much is a muffin and a latte?** 浩 罵取 以司 惡 馬芬 欸恩得 惡 拿鐵
這是什麼費用？	**What is this charge for?** 華特 以司 力司 洽兒局 佛

我們該付多少小費？	**How much should we tip?** 浩 罵取 咻的 烏衣 梯普
這有含稅嗎？	**Is that including tax?** 以司 涙特 因苦路丁 貼克司
你們接受信用卡付費嗎？	**Do you accept credit cards?** 賭 油 欵可塞普特 克瑞滴特 卡兒次

Topic 4・購物

① 購物去囉　　　　　　　　　Track ◎ 94

句型　這個地帶有<u>百貨公司</u>嗎？

Is there a <u>department store</u> in this area?

以司 涙兒 惡 地扒特門特 司豆兒 印 力司 欵銳阿

換個單字念念看

購物商場	**shopping mall** 瞎拼 某歐	便利商店	**convenience store** 肯福衣尼恩司 司豆兒
雜貨店	**grocery store** 哥弱蛇里 司豆兒	運動用品店	**sporting goods store** 司剖停 古此 司豆兒
超級市場	**supermarket** 速普兒媽克衣特	書局	**book store** 不可 司豆兒

唱片行	**CD shop** 西迪 下普	珠寶店	**jewelry store** 九了里 司豆兒
藥局	**pharmacy** 發門夕	古董店	**antique store** 欸恩梯可 司豆兒
花店	**flower shop** 福老兒 下普	美容沙龍	**salon** 沙龍
精品店	**boutique** 不梯可	美妝用品店	**cosmetics store** 卡司媚梯可 司豆兒
鞋店	**shoe store** 啾 司豆兒	紀念品商店	**souvenir shop** 速福兒尼兒 下普

◆ Topic 4・購物

② 女裝在哪裡？　　　　　　　　Track ◎ **95**

句型	女裝在哪裡？

Where is women's wear?
惠兒 以司 威門司 為兒

換個單字念念看

男裝	**men's wear** 門司 為兒	童裝	**children's wear** 秋豬潤司 為兒

化妝品部	**the cosmetics department** 得 卡司媚梯可司 地扒特門特	禮品包裝	**gift-wrapping** 給夫特-瑞拼
家電	**home appliances** 後母 惡普來西施	服務台	**the information desk** 得 印佛妹迅 爹司克
藥品	**the pharmacy** 得 發門夕	入口 （出口）	**the entrance (exit)** 得 欸恩唇司（欸哥幾特）

➡ Topic 4 · **購物**

③ 買小東西（1）

Track ◎ 96

問	有什麼我可以幫忙的嗎？

May I help you?
妹 愛 黑歐普 油

答	我在找**數位相機**。

I'm looking for a digital camera.
愛母 路克印 佛 低局投 克欸門拉

換個單字念念看

筆	**a pen** 惡 配嗯	書	**a book** 惡 不可
筆記本	**a notebook** 惡 諾特不可	報紙	**a newspaper** 惡 紐司 配普兒

雜誌	**a magazine** 惡 妹哥進
明信片	**a postcard** 惡 剖司特卡兒得
CD唱片	**a CD** 惡 夕低
背包	**a bag** 惡 背哥
帽子	**a hat** 惡 黑特
耳環	**earrings** 衣兒玲絲

自來水筆	**a fountain pen** 惡 放藤 配嗯
隨身日記本	**a pocket dairy** 惡 趴克衣特 帶兒里
唱片	**a record** 惡 銳可兒的
領帶	**a tie** 惡 太
世界知名品牌	**world famous brands** 我喔的 非門思 布瑞恩司

→ Topic 4 · 購物

④ 買小東西 (2)　　Track ◎ 97

句型　我想要買泳衣。

I'd like to buy a swimsuit.
艾得 賴克 兔 拜 惡 司位母速特

換個單字念念看

| 比基尼 | **a bikini** 惡 比克衣尼 |
| 打火機 | **a lighter** 惡 來特 |

泳褲	**swimming trunks** 司位名 壯可司	皮夾	**wallet** 哇力特
緊身衣褲	**pantyhose** 偏踢厚司	精油蠟燭	**an aromatic candle** 欸恩 阿弱媽梯可 肯都
餐具	**tableware** 貼剝威兒	乾花香料	**potpurri** 剖特撲里
動物填充玩偶	**a stuffed animal** 惡 司大福的 欸恩呢某	內衣褲	**underwear** 昂得為兒
煙斗	**a pipe** 惡 派普	襪子	**socks** 沙渴死

➔ Topic 4・購物

⑤ 我要看毛衣　　　　Track ◎ **98**

句型　我要看毛衣 / 我正在找毛衣。

I'm looking for a sweater.
愛母 路克印 佛 惡 司為特

換個單字念念看

西裝	**a suit** 惡 速特	T恤	**a T-shirt** 惡 梯-噓兒特
洋裝	**a dress** 惡 最司	裙子	**a skirt** 惡 司哥兒特

睡衣	**pajamas** 趴甲媽司		領帶	**a tie** 惡 太
牛仔褲	**jeans** 進司		毛巾	**towels** 桃歐司
褲子	**a pair of pants** 惡 配兒 歐夫 <u>配恩</u>此		內衣	**underwear** 昂得為兒
手套	**a pair of gloves** 惡 配兒 歐夫 哥辣舞司		襪子	**socks** 沙渴死
外套	**a coat** 惡 口特		登山鞋	**hiking boots** 海<u>克印</u> 不此
夾克	**a jacket** 惡 甲<u>克欸</u>特		靴子	**boots** 不此
背心	**a vest** 惡 飛司特		高跟鞋	**high heels** 害 <u>喝伊</u>歐司
泳衣	**a swimsuit** 惡 司<u>位母</u>速特		涼鞋	**sandals** 仙斗思
短上衣 （女用）	**a blouse** 惡 不老思		膠底運動 鞋	**sneakers** 司尼<u>可兒</u>司
胸罩	**a bra** 惡 不辣			

⑥ 買衣服

Track ◎ 99

句型 我正在找T恤。

I'm looking for a T-shirt.
愛母 路克印 佛 惡 梯 - 噓兒特

換個單字念念看

夾克	**jacket** 甲克欸特	外套	**coat** 口特
polo衫	**polo shirt** 剖羅 噓兒特	大尺碼	**size large** 賽子 拉兒局
休閒衫	**casual shirt** 卡究歐 噓兒特	洋裝	**dress** 最司
套衫	**pullover** 撲攄福兒	正式襯衫	**dress shirt** 最司 噓兒特
羊毛衫 (胸前開 釦的)	**cardigan** 卡兒得更	裙子	**skirt** 司哥兒特
牛仔夾克	**jean jacket** 進 甲克衣特		

❼ 店員常說的話

您要什麼？	**May I help you?** 妹 愛 黑歐普 油
這個如何？	**What about this one?** 華特 惡抱特 力司 萬
這是知名品牌。	**It's a well-known brand.** 以次 惡 餵歐-農恩 布瑞恩的
你穿起來很好看。	**It looks nice on you.** 以特 路克司 耐司 昂 油
它們真是完美的搭配。	**They match perfectly.** 淚 妹娶 普兒吠可特力
它們是拍賣的商品嗎？	**Are they on sale?** 阿 淚 昂 誰歐
樣式很流行。	**It's in style.** 以次 印 司逮歐
這正好很合身。	**It's a perfect fit.** 以次 惡 普兒吠可特 福衣特
你穿起來真好看。	**It looks fabulous on you.** 以特 路克司 妃比烏樂死 昂 油

8 我可以試穿嗎？

我可以試穿嗎？	**Can I try it on?** 肯 艾 揣 以特 昂
我可以看看那個嗎？	**Can I see that one, please?** 肯 艾 西 列特 萬，普力司
你們有沒有別的顏色？	**Do you have this in any other colors?** 賭 油 黑夫 力司 印 宴尼 阿得 卡了司
你穿起來很好看。	**It looks nice on you.** 以特 路克司 耐司 昂 油
很合身。	**It fits well.** 以特 福衣此 餵歐
你可以照照鏡子。	**You can take a look in the mirror.** 油 肯 貼克 惡 路克 印 得 迷了
試衣間在那裡？	**Where's the fitting room?** 惠兒司 得 福衣聽 潤
不合身。	**It doesn't fit.** 以特 得怎特 福衣特
你們的商品有修改的服務嗎？	**Do you do alterations?** 賭 油 賭 歐特銳尋司

⑨ 我要紅色那件

Track ◎**102**

句型	我要紅色那種的。

I want the <u>red</u> ones.
愛 旺特 得 瑞得 萬思

換個單字念念看

黃色	**yellow** 也漏	黑色	**black** 不累可
灰色	**gray** 古銳	咖啡色	**brown** 布朗
橘色	**orange** 歐連局	米黃色	**beige** 背局
紅色	**red** 瑞得	藍色	**blue** 不路
粉紅色	**pink** 拼可	綠色	**green** 古林
白色	**white** 懷特	紫色	**purple** 普兒剖

Part **1** 50個超好用句型

Part **2** 日常簡單用語

Part **3** 旅遊會話

金色	**gold** 勾的		條紋	**striped** 司踢普特
銀色	**silver** 夕歐福兒		花紋	**flowered** 福老兒的
格子花紋	**checkered** 切可的		水珠圖案	**polkadotted** 剖可達弟的

→ Topic 4 · 購物

⑩ 這是棉製品嗎？　　Track ◎**103**

句型　這是棉製品嗎？

Is this cotton?
以司 力司 卡疼

換個單字念念看

亞麻布	**linen** 力玲		絲	**silk** 夕歐可
尼龍	**nylon** 耐冷		毛	**fur** 福兒
聚酯	**polyester** 剖力也司特		皮	**leather** 淚得

⑪ 我不喜歡那個顏色

Track ◎**104**

| 句型 | 我不喜歡那個顏色。 |

I don't like the color.
愛 洞特 賴克 得 卡了

換個單字念念看

樣式	**pattern** 陪疼	材質	**material** 門梯里歐
品質	**quality** 跨了踢		

 例句

穿起來很舒服。	**It feels good.** 以特 福衣歐司 古得
這只能乾洗嗎？	**Is it dry-clean only?** 衣司 以特 跩-可林 翁力
我能把它放進烘衣機嗎？	**Can I put it in the dryer?** 肯 艾 撲特 以特 印 得 跩兒

會縮水嗎？	**Will it shrink?** 烏衣歐 以特 淑玲可
會褪色嗎？	**Will the color fade?** 烏衣歐 得 卡了 費的
能防水嗎？	**Is this waterproof?** 以司 力司 哇特普路福
我能用洗衣機洗嗎？	**Can I put it in the washing machine?** 肯 艾 撲特 以特 印 得 娃迅 門迅
這需要手洗嗎？	**Do I have to hand-wash this?** 賭 愛 黑夫 兔 黑恩的-娃許 力司
我要怎麼保養它？	**How should I care for this?** 浩 休得 愛 克欸兒 佛 力司
可以掛到外面曬乾嗎？	**Can I hang it out to dry?** 肯 艾 黑恩 以特 奧特 兔 跩

⑫ 太小了

Track ◎105

| 句型 | 太小了。 |

It's too small.
以次 兔 司眸

換個單字念念看

大	**big** 必哥	貴	**expensive** 衣司配夕五
長	**long** 弄	鬆	**loose** 路司
短	**short** 休兒特	緊	**tight** 太特
簡單 / 素	**plain** 普淚恩		

例句

這件對我而言太小了。	**It's too small for me.** 以次 兔 司眸 佛 蜜

你有沒有大一點的？	**Do you have a bigger one?** 賭 油 黑夫 惡 逼哥兒 萬
這是大尺寸的。	**Here is a size large.** 喝伊兒 以司 惡 賽子 拉兒局
我相信這件適合你穿。	**I believe it will fit you.** 愛 比力福 以特 烏衣歐 福衣特 油
這件適合我。	**It fits me well.** 以特 福衣此 蜜 餵歐

➡ Topic 4・購物

⑬ 我要這件 　　　　　　　　　Track ◎106

我喜歡這件。	**I like this one.** 艾 賴克 力司 萬
我要這件。	**I'll take this one.** 艾歐 貼克 力司 萬
你還要什麼嗎？	**Do you need anything else?** 賭 油 逆得 宴尼幸 欸歐司

Part
1
50個超好用句型

Part
2
日常簡單用語

Part
3
旅遊會話

這個也不錯。	**This one is nice, too.** 力司 萬 以司 耐司，兔
這個如何？	**How about this one?** 浩 惡抱特 力司 萬
你要一條裙子來搭配你的新襯衫嗎？	**Do you want a skirt to go with your new shirt?** 賭 油 旺特 惡 司哥兒特 兔 夠 位子 油兒 紐 噓兒特

➡ Topic 4 · 購物

⑭ 你能改長一點嗎？　　　　Track ◎107

句型　你能修改一下嗎？麻煩你改長一點。

Can you alter it? Make it a little longer, please.

肯 油 歐特 衣特？妹克 以特 惡 力頭 龍哥，普力司

換個單字念念看

| 短一點 | **shorter**
休特兒 | 緊一點 | **tighter**
太特兒 |
| 鬆一點 | **looser**
路蛇 | | |

⑮ 買鞋子

問	這雙高跟鞋多少錢？

How much are these high heels?

浩 罵取 阿 地司 害 喝伊喔司

答	這個要十美元.

They're $10.

淚阿 天 達了司

換個單字念念看

膠底運動鞋	**sneakers** 司尼克兒司	西部靴	**cowboy-boots** 考兒剝衣-不此
休閒鞋	**loafers** 漏否司	網球鞋	**tennis shoes** 貼尼司 咻司
女用搭配裙子的鞋子	**dress shoes** 最司 咻司	慢跑鞋	**jogging shoes** 甲哥印 咻司
女用拖鞋	**mules** 迷歐司	涼鞋	**sandals** 仙斗思
靴子	**boots** 不此		

⑯ 有大一點的嗎？

Track ◎109

句型 有大一點的嗎？

Do you have a larger size?
賭 油 黑夫 惡 拉兒-局兒 賽子

換個單字念念看

中碼 / M號	**a medium** 惡 迷弟恩	小一點	**a smaller size** 惡 司眸樂 賽子
加大 / XL號	**an extra-large** 欸恩 欸克斯出阿-拉兒局	更小一點 / XS號	**an extra small** 欸恩 欸克斯出阿 司眸

Topic 4・購物

⑰ 有其他顏色嗎？

Track ◎110

句型 有其他顏色嗎？

Do you have any in other colors?
賭 油 黑夫 宴尼 印 阿得 卡了司

換個單字念念看

其他樣式	**with other designs** 位子 阿得 迪債司	其他花色	**with another pattern** 位子 恩那得 配藤
其他材質	**made from other material** 妹的 夫讓 阿得 門梯里歐	其他款式	**other styles** 阿得 司逮歐司

⑱ 我只是看看

Track ◎111

我只是看看。	**I'm just looking.** 愛母 架司特 路克印
我打算繼續看看。	**I'm going to keep looking.** 愛母 勾印 兔 克衣普 路克印
也許下次吧。	**Maybe next time.** 妹逼 內渴死 太母
我必須考慮一下。	**I need to think about it.** 艾 逆得 兔 幸克 惡抱特 衣特
也許不了。	**Well, maybe not.** 餵歐，妹必 那特
我待會再來。	**I'll come back later.** 艾歐 抗母 貝克 淚特
謝謝，我只是看看 而已。	**Thanks. I'm only browsing.** 仙渴死。愛母 翁力 不勞心
謝謝！需要幫忙時 我會叫你的。	**Thank you. I'll let you know if I need any help.** 仙可 油。艾歐 淚特 油 諾 衣福 艾 逆得 宴尼 黑歐普

⑲ 購物付錢

Part
1
50個超好用句型

Part
2
日常簡單用語

Part
3
旅遊會話

| 問 | 這多少錢？ |

How much is this?

浩 罵取 以司 力司

| 答 | 一千五百元美元。 |

1,500 dolars.

萬刀怎 懷夫憨醉 達了司

換個單字念念看

一分錢	**1¢** 萬 仙特	五元美金	**$ 5** 壞夫 達了司
五分錢	**5¢** 外夫 仙此	十元美金	**$ 10** 天 達了司
十分錢	**10¢** 天 仙此	二十元美金	**$ 20** 團體 達了司
二十五分錢	**25¢** 團體外夫 仙此	五十元美金	**$ 50** 福衣福梯 達了司
一元美金	**$ 1** 惡 打了		

收銀台在哪裡？	**Where is the cashier?** 惠兒 以司 得 卡許兒
這多少錢？	**How much is this?** 浩 駡取 以司 力司
我要給你多少錢？	**How much do I owe you?** 浩 駡取 賭 愛 歐油
你少付我十元。	**You are ten dollars short.** 油 阿 天恩 達了司 休兒特
我要刷卡。	**I'd like to pay by card.** 艾得 賴克 兔 配 百 卡兒得
您要分幾次付款？	**How many installments?** 浩 妹尼 因司答門此
一次。	**One.** 萬
六次。	**Six.** 夕渴死
我可以付台幣嗎？	**Can I pay in Taiwan dollars?** 肯 艾 配 印 台灣 達了司
可以幫我寄到台灣嗎？	**Could you ship this to Taiwan?** 庫 油 夕普 力司 兔 台灣

Part
1
50個超好用句型

Part
2
日常簡單用語

Part
3
旅遊會話

運費多少錢？	**How much is the shipping cost?** 浩 罵取 以司 得 夕拼 口司特
什麼時候送到？	**When will it arrive?** 惠恩 烏衣歐 以特 惡弱愛夫

 Topic 4 · 購物

⑳ 討價還價　　　　　　　　　Track ◎113

對我而言太貴了。	**It's too expensive for me.** 以次 兔 衣司搬戲服 佛 蜜
算便宜一點嘛！	**A little cheaper, please.** 惡 力頭 去普兒，普力司
再打個折扣嘛！	**A little discount, please.** 惡 力頭 低司康特，普力司
不到二十美元的話就買。	**If it costs less than $20, I could buy it.** 衣福 以特 空司此 淚司 連 團體 達了司，愛 庫得 拜 衣特
他們這禮拜在特賣中。	**They're on special this week.** 淚兒 昂 司背秀 力司 烏衣可
已經降到3美元了。	**They've been reduced to 3 dollars.** 淚福 必因 銳丟史的 兔 舒力 達了司
這是半價了。	**They're fifty percent off.** 淚兒 福衣福踢 普兒仙特 歐福

買二送一。	**These are buy two, get the third one free.** 地司 阿 拜 兔，給特 得 捨得 萬 夫力

→ Topic 4 · 購物

21 退貨換貨　　　　　Track ◎114

我要退貨。	**I'd like to return this.** 艾得 賴克 兔 銳疼 力司
我想換貨。	**I'd like to exchange this.** 艾得 賴克 兔 衣司勸局 力司
我昨天買的。	**I bought this yesterday.** 愛 伯特 力司 耶司特爹
我可以換別的東西嗎？	**Can I exchange it for something else?** 肯 艾 衣司勸局 以特 佛 桑幸 欸歐司
有污漬。	**There's a stain.** 淚兒次 惡 司天印
有個洞。	**There's a hole.** 淚兒次 惡 厚歐
不合身。	**It doesn't fit.** 以特 得怎特 福衣特
它讓我看起來很胖。	**It makes me look fat.** 以特 妹克司 蜜 路克 肥特

Part
1
50個超好用句型

Part
2
日常簡單用語

Part
3
旅遊會話

我改變主意了。	**I'm having second thoughts.** 愛母 黑夫因 誰肯 受此
我想退錢。	**I'd like a refund.** 艾得 賴克 惡 銳放得
這是收據。	**Here's the receipt.** 喝伊兒司 得 瑞西特
我們無法退錢。	**It's nonrefundable.** 以次 囊銳放得伯

➔ Topic 5・ **各種交通**

① 坐車去囉   Track ◎**115**

問	去搭巴士吧。

Let's go by bus.
列此 夠 百 巴士

答	好。

Ok.
歐克欸

換個單字念念看

腳踏車	**bike** 拜可	捷運	**MRT** 欸母阿替
汽車	**car** 卡兒	電車	**train** 翠因

地鐵	**subway** 沙伯未	輪船	**ship** 噓普
公車	**bus** 巴士	飛機	**airplane** 欸惡普練
計程車	**taxi** 貼克西	小船	**boat** 伯特
摩托車	**motorcycle** 摩托賽口	直升機	**helicopter** 黑力卡普特

➜ Topic 5・各種交通

② 我要租車 　　　　　　　　Track ◎**116**

問	請問你們有小型車嗎？

Do you have any compact cars?
賭 油 黑夫 宴尼 康貝可特 卡兒司

答	當然有。

Of course.
歐夫 扣兒司

換個單字念念看

省油的	**economy** 惡康呢米	中型的	**mid-sized** 秘的-賽司的

Part
1
50個超好用句型

Part
2
日常簡單用語

Part
3
旅遊會話

標準規格的	**full-sized** 富歐-賽司的	四門的	**4-door** 否兒-斗兒
日本的	**Japanese** 甲噴尼子	美國的	**American** 惡瑪莉肯

例句

總共多少錢？	**What is the total?** 華特 以司 得 投投
有包括稅金跟保險費嗎？	**Does it include tax and insurance?** 得司 以特 因庫得 貼克斯 欸恩得 因休潤司
我希望投所有的保險。	**I'd like full coverage.** 艾得 賴克 富歐 卡粉兒里急
我的車子故障了。	**My car broke down.** 麥 卡兒 布弱可 當恩
我的車爆胎了。	**I got a flat tire.** 愛 嘎特 惡 福淚特 太兒
請幫我叫拖車。	**Please call a tow truck.** 普力司 扣 惡 偷 出阿可

煞車不怎麼靈光。	**The brakes don't work very well.** 得 布銳可司 洞特 我兒可 飛里 餵歐
我不會開手排車。 你有自排車嗎？	**I can't drive a stick. Do you have any automatics?** 愛 肯特 跩衣服 惡 司梯可。賭 油 黑夫 宴尼 歐投妹梯可司

好用單字

駕照	**driver's license** 跩福兒司 來紳士	租車契約	**rental contract** 連頭 康翠可特
國際駕照	**international driving permit** 因特內訓弄 跩餅 普兒秘特	（車子） 登記書	**registration** 銳局司催巡
車子的種類	**type of car** 太普 歐夫 卡兒		

➡ Topic 5・**各種交通**

③ 先買票

Track ◎**117**

去市中心的車票是 多少錢？	**How much is a ticket to downtown?** 浩 罵取 以司 惡 梯克衣特 兔 當湯
來回票	**round-trip ticket** 弱昂的-催普 梯克衣特

Part
1
50個超好用句型

Part
2
日常簡單用語

Part
3
旅遊會話

單程票	**one-way ticket** 萬-威 梯克衣特
多少錢？	**How much is it?** 浩 罵取 以司 衣特
要花多少時間？	**How long does it take?** 好 弄 得司 以特 貼克
坐公車比較便宜嗎？	**Is it cheaper to go by bus?** 衣司 以特 去普兒 兔 夠 百 巴士
你要幾張車票？	**How many tickets do you want?** 浩 妹尼 梯克衣此 賭 油 旺特
我要買一張票。	**I'd like to buy a ticket.** 艾得 賴克 兔 拜 惡 梯克衣特
我需要坐在指定的座位嗎？	**Do I need to sit in an assigned seat?** 賭 艾 逆得 兔 夕特 印 欸恩 餓賽印的 西特

④ 坐公車

公車站在哪裡？	**Where is the bus stop?** 惠兒 以司 得 巴士 司達普
可以給我公車路線圖嗎？	**Can I have a bus route map?** 肯 艾 黑夫 惡 巴士 入特 妹普
你們會停西八街嗎？	**Do you stop at West 8th Street?** 賭 油 司達普 欸特 威司特 欸斯 司翠特
不，請你坐104。	**No, take the 104.** 諾，貼克 得 萬 歐 否兒
車票多少錢？	**How much is the fare?** 浩 罵取 以司 得 非兒
哪一輛公車會到那裡？	**Which bus goes there?** 呼衣取 巴士 勾司 淚兒
去西八街要多久？	**How long does it take to West 8th Street?** 好 弄 得司 以特 貼克 兔 威司特 欸斯 司翠特
104號公車來了。	**Here comes the number 104 now!** 喝伊兒 抗母司 得 難本兒 萬 歐 否兒 鬧
要看路況而定。	**It depends on the traffic.** 以特 底片此 昂 得 翠福衣可
我該下車時請你告訴我好嗎？	**Will you tell me when to get off?** 烏衣歐 油 貼歐 蜜 惠恩 兔 給特 歐福

Part
1
50個超好用句型

Part
2
日常簡單用話

Part
3
旅遊會話

我會說出你要下車的站名。	I'll call out your stop. 艾歐 扣 奧特 油兒 司達普
請給我轉乘票。	May I have a transfer ticket? 妹 愛 黑夫 惡 吹司佛 梯克衣特
我要在這裡下車。	I'd like to get off here. 艾得 賴克 兔 給特 歐福 喝伊兒
請開後車門。	Open the rear door, please. 歐噴 得 銳兒 斗兒，普力司

好用單字

回數票	ticket book 梯克衣特 不可	上車	get on 給特 昂
一日遊票	one-day pass 萬-爹 趴司	下車	get off 給特 歐福
目的地	destination 爹司特內迅	代幣	token 偷哨
轉車	transfer 吹司福兒	閘門	gate 給特
下一站	next stop 內克斯特 司達普		

149

⑤ 坐地鐵

Track ◎119

句型	地鐵站在哪裡？

Where is the subway station?
惠兒 以司 得 沙伯未 司爹迅

換個單字念念看

入口	**entrance** 欸恩唇司	售票機	**ticket machine** 梯克衣特 門巡
出口	**exit** 欸哥幾特	補票處	**fare adjustment office** 非兒 阿架思門特 歐福衣司

 例句

這火車有到中央公園嗎？	**Does this train go to Central Park?** 得司 力司 翠因 夠 兔 仙戳 趴兒可
有，有到。	**Yes, it does.** 也司，以特 得司
沒到，你必須轉搭紅線。	**No. You have to change to the red line.** 諾。油 黑夫 兔 勸局 兔 得 瑞得 來因

它有停中央公園嗎？	**Will it stop at Central Park?** 烏衣歐 以特 司達普 欸特 仙戳 趴兒可
到中央公園前有幾站？	**How many stops until Central Park?** 浩 妹尼 司達普司 昂替歐 仙戳 趴兒可
我該到哪裡轉車？	**Where do I transfer?** 惠兒 賭 愛 穿司福兒
下一班火車是何時到達？	**When is the next train?** 惠恩 以司 得 內克司 翠因
我該在哪個站下車？	**At which stop should I get off?** 欸特 呼衣取 司達普 休得 愛 給特 歐福
我的車票不見了。	**I lost my ticket.** 愛 漏司特 麥 梯克衣特
不好意思，借過一下。	**Would you let me pass, please?** 巫的 油 淚特 蜜 趴司，普力司
（讓位）請坐這裡。	**You can have this seat.** 油 肯 黑夫 力司 西次
謝謝你。	**Thank you.** 仙可 油

車票	**ticket** 梯克衣特	地鐵車票	**a Metro Card** 惡 妹戳 卡兒得
回數券	**coupon ticket** 酷朋 梯克衣特	悠遊卡	**a transit card** 惡 翠夕特 卡兒得

➜ Topic 5 · 各種交通

❻ 坐火車

Track ◎ **120**

去長島的車票。	**A ticket to Long Island, please.** 惡 梯克衣特 兔 弄 愛人的，普力司
哪一天的？	**For what day?** 佛 華特 爹
今天，現在。	**Today. Now.** 土爹。鬧
五元。下一班火車在十點四十分開出。	**That's five dollars. The next train leaves at 10:40.** 列此 壞夫 達了司。得 內克司 翠因 力舞司 欵特 天：否替

(每站都停) 普通車	**local** 漏口	快車	**express** 衣司普銳司

特快車	**limited express** 力秘梯的 衣司普銳司		票價	**train fare** 翠因 非兒
長途公車	**coach** 口去		時間表	**timetable** 太母貼剝
臥車	**sleeping car** 司力拼 卡兒		候車室	**waiting room** 未停 潤
標準臥舖 （2人臥舖 個人房）	**standard bedroom** 司天得的 貝得潤		餐車	**dining car** 歹寧 卡兒
車廂（有 舒適座位 及小吃）	**club car** 可辣布 卡兒		讀書燈	**reading light** 瑞丁 來特
車室	**compartment** 康趴特門特		車上行李 架	**luggage rack** 辣哥衣局 辣可
單程車票	**one-way ticket** 萬-威 梯克衣特		來回旅程	**round-trip** 弱昂-催普
來回車票	**round trip ticket** 弱昂 催普 梯克衣特		單程	**one-way** 萬-威

Part
1
50個超好用句型

Part
2
日常簡單用語

Part
3
旅遊會話

❼ 坐計程車

去那裡？	**Where to?** 惠兒 兔
173東85街。	**173 East 85th Street.** 彎憨醉 誰吻梯 素力 衣司特 欸梯福衣福 司翠特
我要到這個地址。	**Please take me to this address.** 普力司 貼克 蜜 兔 力司 欸最司
到大中央車站要多久？	**How long is the ride to Grand Central Station?** 好 弄 以司 得 弱愛的 兔 古瑞恩的 仙戳 司爹迅
到市中心計程車費要多少？	**How much is the cab fare to downtown?** 浩 罵取 以司 得 可欸布 非兒 兔 當湯
你可以讓我在這裡下車。	**You can let me out here.** 油 肯 淚特 蜜 奧特 喝伊兒
不必找錢了。	**Keep the change.** 克衣普 得 勸局
就停在這裡吧。	**Just pull over here.** 架司特 撲歐 歐福兒 喝伊兒

Part
1
50個超好用句型

Part
2
日常簡單用語

Part
3
旅遊會話

你可以先停在梅西百貨嗎？	**Can you stop by Macy's first?** 肯 油 司達普 百 梅西司 福兒司特
這就是了。	**This is it.** 力司 以司 衣特
到了。	**Here it is.** 喝伊兒 以特 衣司
你可以搖下車窗嗎？	**Can you roll down the window?** 肯 油 弱歐 當恩 得 烏因斗
可以開慢點嗎？	**Could you please slow down a little?** 庫 秋 普力司 司漏 當恩 惡 力頭

好用單字

紅綠燈	**traffic light** 吹福衣客 來特	標誌	**sign** 賽印
人行道	**sidewalk** 賽的我可	街區	**block** 不拉可
道路標誌	**road sign** 弱的 賽印	地下道	**underpass** 昂得趴司

❽ 糟糕！我迷路了

Track ◎ 122

我迷路了。	**I think I'm lost.** 愛 幸克 愛母 漏司特
對不起，你可以告訴我車站在那裡嗎？	**Excuse me. Can you show me where the bus station is?** 衣司哭尤司 蜜。肯 油 秀 蜜 惠兒 得 巴士 司爹迅 衣司
你可以告訴我正確的方向嗎？	**Can you point me in the right direction?** 肯 油 潑印特 蜜 印 得 弱愛特 得銳可迅
我該怎麼去SOHO區呢？	**How can I get to SOHO?** 浩 肯 艾 給特 兔 受厚
我想到王子大廈。	**I want to go to the Prince's Building.** 愛 旺 兔 鉤 兔 得 普林司 逼歐頂
很遠嗎？	**Is it far?** 衣司 以特 發兒
有多遠呢？	**How far is it?** 浩 發兒 以司 衣特
從這裡到那裡只隔兩個街區。	**It's only a couple of blocks from here.** 以次 翁力 惡 卡剖 歐夫 不拉可死 夫讓 喝伊兒
這條路直走。	**Go straight down this street.** 勾 司翠特 當恩 力司 司翠特

這條路走約50公尺。	**Go down this street about fifty meters.** 勾 當恩 力司 司翠特 惡抱特 福衣福踢 迷特司
在第二個紅綠燈右轉。	**Turn right at the second traffic light.** 特兒恩 弱愛特 欸特 得 誰啃的 吹福衣客 來特
在第二個轉角左轉。	**Turn left at the second corner.** 特兒恩 淚夫特 欸特 得 誰啃的 口兒呢
過橋後左轉。	**Go across the bridge and take a left.** 勾 惡可落司 得 布里急 欸恩得 貼克 惡 淚夫特
就在右邊。	**It's on the right side.** 以次 昂 得 弱愛特 賽的
一直往前走，你一定到得了。	**Go along and you're sure to get there.** 勾 惡龍 欸恩得 油兒 秀兒 兔 給特 淚兒
從這到那裡很遠。	**It's far from here.** 以次 發兒 夫讓 喝伊兒
你得坐公車。	**You should go by bus.** 油 咻的 夠 百 巴士
請告訴我怎麼去。	**Tell me how to get there, please.** 貼歐 蜜 浩 兔 給特 淚兒，普力司

❾ 其它道路指引說法

Track ◎ 123

就在火車站旁邊	**next to the train station** 內克斯特 兔 得 翠因 司爹迅
就在路口	**at the corner** 欸特 得 口兒呢
就在下一個十字路口	**at the next intersection** 欸特 得 內克司 因特誰可訓
在你左手邊	**on your left-hand side** 昂 油兒 淚夫特-黑嗯的 賽的
在梅西百貨和維京唱片之間	**between Macy's and Virgin Records** 比兔因 梅西司 欸恩得 維珍 銳可兒司
過那個紅綠燈	**past that traffic light** 陪司特 列特 吹福衣客 來特
在第三個路口右轉	**turn right at the third corner** 特恩 弱愛特 欸特 得 色的 口兒呢
直走過兩個街區	**go straight 2 blocks** 勾 司翠特 兔 不拉可死

Part
1
50個超好用句型

Part
2
日常簡單用語

Part
3
旅遊會話

→ Topic 6・詢問中心

① 在旅遊諮詢中心   Track ◎**124**

| 句型 | 請給我觀光<u>地圖</u>。 |

Could I have a sightseeing map, please?

庫得 愛 黑夫 惡 賽特西印 妹普，普力司

換個單字念念看

公車路線圖	**a bus route map** 惡 巴士 入特 妹普	餐廳資訊	**a restaurant guide** 惡 瑞司特讓 蓋得
地鐵路線圖	**a subway route map** 惡 沙伯未 入特 妹普	購物資訊	**a shopping guide** 惡 瞎拼 蓋得

→ Topic 6・詢問中心

② 有一日遊嗎？   Track ◎**125**

| 句型 | 你有<u>一日遊</u>嗎？ |

Do you have a full-day tour?

賭 油 黑夫 惡 富歐 - 爹 兔兒

換個單字念念看

半天	**a half-day** 惡 黑福-爹	晚上	**a night** 惡 耐特

例句

旅遊諮詢中心在哪裡？	**Where is the tourist information center?** 惠兒 以司 得 兔瑞司特 印佛妹迅 仙特兒
你有滑雪之旅嗎？	**Do you have a tour for skiing?** 賭 油 黑夫 惡 兔兒 佛 司哥衣印
什麼時候開門？	**When is it open?** 惠恩 以司 以特 歐噴
博物館今天有開嗎？	**Is the museum open today?** 以司 得 妙及惡母 歐噴 土參
可以請你推薦好餐廳嗎？	**Can you recommend a good restaurant?** 肯 油 瑞肯妹得 惡 古得 瑞司特讓
你知道去哪裡參加旅遊團嗎？	**Do you know where to join a tour?** 賭 油 諾 惠兒 兔 救印 惡 兔兒
他們有沒有講中文的導遊？	**Do they have a Chinese-speaking guide?** 賭 淚 黑夫 惡 揣尼司-司必克印 蓋得
博物館的入場費要多少錢？	**How much does admission to the museum cost?** 浩 罵取 得司 惡的秘迅 兔 得 妙及惡母 口司特
博物館內有咖啡廳嗎？	**Is there a cafe in the museum?** 以司 淚兒 惡 咖啡 印 得 妙及惡母
你有語音導覽嗎？	**Do you have an audio guide?** 賭 油 黑夫 欸恩 歐弟歐 蓋得

Part
1
50個超好用句型

Part
2
日常簡單用語

Part
3
旅遊會話

遊覽車集合場所在哪裡？	**Where is the pick-up point?** 惠兒 以司 得 屁可-阿普 剖音特

→ Topic 6 · 詢問中心

③ 我要去迪士尼樂園   Track ◎**126**

句型	我要去迪士尼樂園。

I want to go to Disney Land.
愛 旺 兔 夠 兔 迪士尼 連的

換個單字念念看

看 / 煙火表演	**see / a fireworks display** 西 / 惡 懷兒我克司 低司撲淚	看 / 展覽	**see / an exhibition** 西 / 欸恩 欸可司必迅
登山 / 某處	**go hiking / somewhere** 勾 嗨克印 / 桑母惠兒	看 / 電影	**see / a movie** 西 / 惡 母逼
去 / 跳蚤市場	**go to / a flea market** 勾 兔 / 惡 福力 媽克衣特	看 / 籃球比賽	**see / a basketball game** 西 / 惡 背司克衣伯 給母
看 / 百老匯表演	**see / a Broadway show** 西 / 惡 布勞的威 秀		

④ 我要怎麼去艾菲爾鐵塔？　　Track ◎ **127**

| 句型 | 我要去艾菲爾鐵塔（法國）。 |

I would like to go to the Eiffel Tower.

愛 巫的 賴克 兔 夠 兔 得 艾菲爾逃兒

換個單字念念看

羅浮宮 （法國）	**Louvre (France)** 路福兒（福藍司）	澳洲大堡礁（澳洲）	**Great Barrier Reef (Australia)** 古銳特 背里兒 里福（喔司吹力亞）
萬里長城 （中國）	**Great Wall of China (China)** 古銳特 我歐 歐夫 揣那（揣那）	雪梨歌劇院（澳洲）	**Sydney Opera House (Australia)** 夕的尼 歐普拉 好司（喔司吹力亞）
紫禁城 （中國）	**Forbidden City (China)** 佛必等 西替（恰那）	尼加拉瓜大瀑布 （美國）	**Niagra Falls (USA)** 奈欸哥拉 佛司（尤 欸司 欸）
吉薩金字塔（埃及）	**Great Pyramids of Giza (Egypt)** 古銳特 屁了門的司 歐夫 哥衣閘（衣局普特）	大峽谷 （美國）	**Grand Canyon (USA)** 古瑞恩的 肯尼宴恩（尤 欸司 欸）
人面獅身像（埃及）	**Sphynx (Egypt)** 司平克司（衣局普特）	自由女神像（美國）	**Statue of Liberty (USA)** 司爹秋 歐夫 力布兒梯（尤 欸司 欸）
泰姬瑪哈陵（印度）	**Taj Mahal (India)** 踏西碼好（因低啊）	比薩斜塔（義大利）	**Leaning Tower of Pisa (Italy)** 林尼印 桃兒 歐夫 屁閘（衣特力）

Part
1
50個超好用句型

Part
2
日常簡單用語

Part
3
旅遊會話

好用單字

美術館	**art museum** 啊特 妙及惡母	大廈	**building** 逼歐頂
博物館	**museum** 妙及惡母	大廳	**hall** 后
動物園	**zoo** 入	圖書館	**library** 來布兒里
水族館	**aquarium** 惡闊里惡母	教堂	**church** 卻兒去
公園	**park** 趴兒可		

➔ Topic 6・ 詢問中心

❺ **我想騎馬**　　　　　Track ◎**128**

句型	我想要去試試<u>騎馬</u>。

I'd like to try horseback riding.
艾得 賴克 兔 踹 厚兒司貝克 弱愛定

換個單字念念看

泛舟	**rafting** 累福聽	滑翔翼	**paragliding** 陪拉哥來定

熱氣球之旅	**hot air balloon riding** 哈特 欸兒 本路嗯 弱愛定	高空彈跳	**bungy jumping** 班局 江拼
跳傘	**parachuting** 陪拉咻聽	滑雪	**skiing** 司哥衣印
深海潛水	**scuba diving** 司庫巴 呆夫印	射擊	**shooting** 咻聽

 例句

我可以租釣魚用具嗎？	**Can I rent fishing tackle?** 肯 艾 瑞恩特 福衣迅 塔扣
腳踏車出租店在哪裡？	**Where is the bicycle rental shop?** 惠兒 以司 得 拜夕扣 瑞恩頭 下普
我可以租些裝備嗎？	**Can I rent some equipment?** 肯 艾 瑞恩特 桑母 衣盔普門特
這是什麼樣的活動？	**What kind of event is it?** 華特 開恩的 歐夫 衣凡特 以司 衣特
在哪裡舉辦？	**Where is it held?** 惠兒 以司 以特 黑歐的

幾點開始？	**What time does it start?** 華特 太母 得司 以特 司大兒特
小孩可以參加嗎？	**Can children join it?** 肯 秋豬潤 久印 衣特

好用單字

高爾夫球場	**driving range** 跩夫因 瑞恩局	夜市	**night market** 耐特 媽克衣特
海邊 / 海灘	**beach** 逼區	跳蚤市場	**flea market** 福利 媽克衣特
釣魚場	**fishing spot** 福衣迅 司巴特	高爾夫球桿	**golf clubs** 勾福 克拉布司
滑雪場	**skiing resort** 司哥衣印 銳受兒特	滑雪用具	**skiing outfit** 司哥衣印 奧特福衣特
潛水場	**diving spot** 呆夫印 司巴特	潛水用具	**diving gear** 呆夫印 哥衣兒

⑥ 漫遊美國各州

Track ◎**129**

問	這是你第一次去俄亥俄州嗎？

Is this your first time to visit Ohio.

以司 力司 油兒 <u>福兒</u>司特 <u>太母</u> 兔 逼吉特 歐亥歐

答	對。

Yes.

也司

換個單字念念看

阿拉巴馬州	**Alabama (AL)** 阿拉背馬 (AL)	加利佛尼亞州	**California (CA)** 卡了佛尼亞 (CA)
阿拉斯加州	**Alaska (AK)** 惡拉斯咖 (AK)	科羅拉多州	**Colorado (CO)** 摳羅拉多 (CO)
亞利桑那州	**Arizona (AZ)** 欸利走那 (AZ)	康乃狄克州	**Connecticut (CT)** 康乃狄克 (CT)
阿肯色州	**Arkansas (AR)** 阿肯撒司 (AR)	德拉瓦州	**Delaware (DE)** 德了威兒 (DE)

Part
1
50個超好用句型

Part
2
日常簡單用語

Part
3
旅遊會話

首都華盛頓	**Washington DC (the District of Columbia)** 哇新藤 地西 (得 低司催可特 歐夫 可辣母必阿)		
佛羅里達州	**Florida (FL)** 佛羅里達 (FL)	肯塔基州	**Kentucky (KY)** 肯塔克衣 (KY)
喬治亞州	**Georgia (GA)** 酒局阿 (GA)	路易斯安那州	**Louisiana (LA)** 路易斯欸恩那 (LA)
關島	**Guam** 古哇母	緬因州	**Maine (ME)** 美因 (ME)
夏威夷州	**Hawaii (HI)** 哈哇夷 (HI)	馬里蘭州	**Maryland (MD)** 馬里蘭 (MD)
愛達荷州	**Idaho (ID)** 愛達厚 (ID)	麻薩諸塞州	**Massachusetts (MA)** 麻薩諸塞 (MA)
伊利諾州	**Illinois (IL)** 伊利諾衣 (IL)	密西根州	**Michigan (MI)** 密西根 (MI)
印地安那州	**Indiana (IN)** 印地欸恩那 (IN)	明尼蘇達州	**Minnesota (MN)** 明尼搜達 (MN)
愛荷華州	**Iowa (IA)** 愛喔哇 (IA)	密西西比州	**Mississippi (MS)** 密西西比 (MS)
堪薩斯州	**Kansas (KS)** 堪薩斯 (KS)	密蘇里州	**Missouri (MO)** 密走里 (MO)

⑦ 看看各種的動物

Track ◎130

問	你最喜歡什麼動物？

What's your favorite animal?
華次 油兒 肥福兒瑞特 欸呢某

答	我喜歡狗。

I like the dog.
艾 賴克 得 豆哥

換個單字念念看

貓	**cat** 克欸特	馬	**horse** 后兒司
兔子	**rabbit** 瑞必特	牛	**cow** 考
老鼠	**mouse / mice** 貓司 / 麥司	羊	**sheep** 噓普
倉鼠	**hamster** 黑母司特兒	山羊	**goat** 勾特
松鼠	**squirrel** 司過肉	鹿	**deer** 低兒

Part
1
50個超好用句型

Part
2
日常簡單用語

Part
3
旅遊會話

馴鹿	**reindeer** 瑞恩低兒	獅子	**lion** 來恩
豬	**pig** 屁哥	犀牛	**rhino** 弱愛諾
熊	**bear** 背兒	豹	**leopard** 淚普兒的
狼	**wolf** 我福	熊貓	**panda** 偏達
大象	**elephant** 欸了粉特		

→ Topic 6 · 詢問中心

⑧ 景色真美耶   Track ◎**131**

景色真美耶！	**What a great view!** 華特 惡 古銳特 福尤
真是漂亮！	**How beautiful!** 好 逼尤底佛
這真不錯。	**That's neat.** 列此 尼特

真的好極了。	**It's fantastic.** 以次 凡他司梯可
食物很好吃。	**The food is really yummy.** 得 父的 以司 銳而利 洋秘
我喜歡這裡的氣氛。	**I like the atmosphere here.** 艾 賴克 得 欸特門斯福衣兒 喝伊兒
那真大呀！	**That's so huge!** 列此 受 喝尤局
這是法國最古老的美術館。	**This is the oldest museum in France.** 力司 以司 得 歐地司特 妙及惡母 印 福藍司
有多古老？	**How old is it?** 浩 歐的 以司 衣特
有一千多年了。	**It's over one thousand years old.** 以次 歐福兒 萬 騷怎 易兒司 歐得
我可以拍你幾張照片嗎？	**Shall I take some pictures of you?** 休 愛 貼克 桑母 皮客秋兒司 歐夫 油
打擾您一下，可以請您幫我們拍照嗎？	**Excuse me, sir. Could you take a picture of us?** 衣克司哭尤司 密，社兒。庫 秋 貼克 惡 皮客秋兒 歐夫 惡司
各位，笑一個。	**Smile, everyone!** 司麥歐，欸福衣萬

⑨ 帶老外玩台灣

Track ◎132

| 問 | 你明天要去哪裡？ |

Where are you going tomorrow?

惠兒 阿 油 勾印 土馬肉

| 答 | 我們要去宜蘭。 |

We're going to Yilan.

烏衣兒 勾印 兔 宜蘭

換個單字念念看

彰化	**Changhua** 彰化	基隆	**Keelung** 基隆
嘉義	**Chiayi** 嘉義	金門	**Kinmen** 金門
新竹	**Hsinchu** 新竹	連江縣	**Lienchiang** 連江
花蓮	**Hualien** 花蓮	苗栗	**Miaoli** 苗栗
高雄	**Kaohsiung** 高雄	南投	**Nantou** 南投

澎湖	**Penghu** 澎湖	新北市	**New Taipei City** 紐 臺北 西替
屏東	**Pingtung** 屏東	臺東	**Taitung** 臺東
臺中	**Taichung** 臺中	桃園	**Taoyuan** 桃園
臺南	**Tainan** 臺南	雲林	**Yunlin** 雲林
臺北	**Taipei** 臺北		

問 你的板橋林家花園之旅如何？

How was your trip to Lin Family Garden?

浩 哇司 油兒 催普 兔 林 發秘力 嘎兒等

答 非常的有趣！

It was fun!

衣特 哇司 放

換個單字念念看

台北木柵 動物園	**Taipei Mu Cha Zoo** 台北 木柵 住	台北101 大樓	**Taipei 101** 台北 萬歐萬

總統府	**The Presidential Office Building** 得 普銳怎的秋 歐福衣司 逼歐頂
中正紀念堂	**Chiang Kai-shek Memorial Hall** 蔣開雪 門某力歐 厚
台北忠烈祠	**Martyrs Shrine** 媽的兒 率因
國立故宮博物院	**the National Palace Museum** 得 內訓弄 怕了司 妙及惡母
國父紀念館	**Sun Yat-sen Memorial Hall** 桑逸仙 門某力歐 厚
三峽清水祖師廟	**Sansia Ching Shui Tsu Shih Temple** 三峽 清水祖師 天剖
基隆市廟口小吃	**Keelung Miaokou Snacks** 基隆 廟口 司內可司
大坑森林遊樂區	**Dakeng Scenic Area** 大坑 心尼可 欸里阿
台中民俗公園	**Taichung Folk Park** 台中 否可 趴兒可
六合夜市	**Liu-ho Night Market** 六合 耐特 媽克衣特
愛河公園	**Love River Park** 樂福 瑞福兒 趴兒可
墾丁國家公園	**Kenting National Park** 墾丁 內訓弄 趴兒可

⑩ 我要看獅子王

Track ◎133

句型	我想看<u>獅子王</u>。

I'd like to see The Lion King.
艾得 賴克 兔 西 得 賴恩 <u>克印</u>

換個單字念念看

美女與野獸	**Beauty & the Beast** 比烏梯 <u>欸恩得</u> 得 比司特	芝加哥	**Chicago** 噓卡夠
貓	**Cats** 卡之	42號街	**42nd Street** 否梯誰肯的 司翠特

⑪ 買票看戲

Track ◎134

我們買票必須排隊。	**We have to wait in line to buy our tickets.** 烏衣 黑夫 兔 未特 印 來因 兔 拜 奧兒 <u>梯克衣此</u>
有座位嗎？	**Are there any seats?** 阿 淚兒 宴尼 西此
一張票多少錢？	**How much is a ticket?** 浩 罵取 以司 惡 <u>梯克衣特</u>

Part
1
50個超好用句型

Part
2
日常簡單用語

Part
3
旅遊會話

有沒有議價空間？	**Any concessions?** 宴尼 肯誰訓司
全部售出。	**Sold out.** 受的 傲特
下一個表演是在什麼時候？	**What time is the next show?** 華特 <u>太母</u> 以司 得 內克司 秀
有沒有中場休息時間？	**Is there an intermission?** 以司 涙兒 <u>欸恩</u> 因特秘訓
我們可以在裡面喝東西嗎？	**Can we drink inside?** 肯 <u>烏衣</u> 准可 因塞的
你們會給學生打折嗎？	**Is there a student discount?** 以司 涙兒 惡 司丟等特 低司康特
你們有沒有較便宜的座位？	**Do you have any cheaper seats?** 賭 油 黑夫 宴尼 去<u>普兒</u> 西此
可以給我節目表嗎？	**Could I have a program, please?** 庫得 愛 黑夫 惡 普弱古瑞母，普力司
我要好位子的。	**I want a good seat.** 愛 旺特 惡 古得 西次

請給我三張票。	**Three tickets, please.** 素力 梯克衣此，普力司
兩張貴賓席的票。	**Two VIP seats, please.** 兔 福衣愛屁 西此，普力司
兩張下星期五的票。	**Two tickets for next Friday.** 兔 梯克衣此 佛 內可司 福來爹

好用單字

中間的座位	**center seats** 仙特 西此	包廂	**balcony** 拔歐肯尼
交響樂團	**orchestra** 歐克司戳阿	非對號座位	**unreserved seat** 昂瑞色得 西特
夾層前排	**front mezzanine** 夫郎特 媚子尼	站位	**standing room** 司天丁 潤
夾層	**mezzanine** 媚子尼	白天場	**matinee** 媽特內
夾層後排	**rear mezzanine** 銳兒 媚子尼	晚上場	**evening performance** 衣福您 普兒佛門司

◀⑫ 哇！他的歌聲真棒 | Track ◎135

| 句型 | 哇！這歌手真棒！ |

Wow! The singer is wonderful!

哇嗚 得 心哥兒 以司 萬得佛

換個單字念念看

電影	**movie** 母逼	諷刺短劇	**skit** 司哥衣特
表演	**show** 秀	戲	**play** 撲累
百老匯表演	**Broadway show** 布勞得為 秀	芭蕾舞	**ballet** 拔淚
電影	**film** 福衣歐母	戲劇	**drama** 抓馬
音樂會	**concert** 康舍特	遊行	**parade** 普兒銳的
歌劇	**opera** 歐普拉	露天劇場	**open-air theater** 歐噴-欸兒 西惡特

 例句

太棒了！	**Bravo!** 布辣佛
太好了！	**Fantastic!** 凡踏司梯可
再來一次！/ 安可！	**Encore!** 昂口兒
真是糟糕！	**Awesome!** 歐桑母

➜ Topic 6 · 詢問中心

 ⑬ 附近有爵士酒吧嗎？　　Track ◎**136**

句型　附近有爵士酒吧嗎？

Is there a jazz pub around here?

以司 淚兒 惡 夾司 怕布 餓讓得 喝伊兒

換個單字念念看

| 鋼琴酒吧 | **piano bar**
屁啊諾 巴兒 | 舞廳 | **disco**
低司口 |
| 夜總會 | **night club**
耐特 克拉布 | 主題餐廳 | **theater restaurant**
西惡特 瑞司特讓 |

Part
1
50個超好用句型

Part
2
日常簡單用語

Part
3
旅遊會話

酒吧	**bar** 巴兒	咖啡廳	**coffee shop** 摳福衣 下普
酒店	**cabaret** 卡本銳	賭場	**casino** 卡西諾
小餐館	**cafe** 卡非		

句型 我要香檳。

I'll have champagne.
艾歐 黑夫 香配恩

換個單字念念看

威士忌	**whisky** 烏衣士忌	馬丁尼	**a martini** 馬丁尼
白蘭地	**brandy** 布蘭地	龍舌蘭酒	**tequila** 特克衣拉
蘇格蘭威士忌	**scotch** 司卡取	不加水	**it straight** 以特 司翠特
琴酒	**gin** 進	加水	**it with of water** 以特 位子 歐夫 哇特

（啤酒）小杯	**a half pint** 惡 黑福 派恩特	（啤酒）大杯	**one pint** 萬 派恩特

 例句

今晚有現場演奏嗎？	**Do you have a live performance tonight?** 賭 油 黑夫 惡 來福 普兒佛門司 兔耐特
有穿著限制嗎？	**Do you have a dress code?** 賭 油 黑夫 惡 最司 扣得
我要穿什麼衣服？	**How should I be dressed?** 浩 休得 愛 比 最司得
您要喝些什麼飲料嗎？	**Would you like something to drink?** 巫的 油 賴克 桑母幸 兔 准可
給我生啤酒。	**Some draft beer, please.** 桑母 綴夫特 比兒，普力司
給我波旁威士忌。	**Bourbon, please.** 巴兒本，普力司
乾杯！	**Cheers!** 去兒司
再來一杯！	**One more, please.** 萬 摸兒，普力司

⑭ 看棒球比賽　　　Track ◎137

句型　我要靠一壘的位子。

A seat on the first base line, please.

惡 西特 昂 得 福兒司特 背司 來因，普力司

換個單字念念看

靠三壘的	**on the third base line** 昂 得 社兒的 背司 來恩	靠外野的	**in the outfield section** 因 得 傲特福衣歐的 誰克迅
靠內野的	**in the infield section** 因 得 因福衣歐的 誰克迅	靠本壘的	**behind home plate section** 必害的 厚母 普類特 誰克迅

例句

哪些隊在比賽？	**Which teams are playing?** 呼衣取 踢母司 阿 普累因
現在打到哪一局了？	**What inning is it?** 華特 印寧 以司 衣特
打到7局後半了。	**It's the bottom of the seventh.** 以次 得 八特母 歐夫 得 誰凡司

你最喜歡哪一隊？	**What is your favorite team?** 華特 以司 油兒 非<u>福兒瑞得</u> <u>踢母</u>
棒球在美國是最受歡迎的運動之一。	**Baseball is one of the most popular sports in America.** 背司伯 以司 萬 歐夫 得 某司特 趴<u>披巫</u>了 司剖此 印 惡妹莉卡
開賽！	**Play ball!** 撲累 <u>伯歐</u>
帶我去看棒球賽吧！	**Take me out to the ball game!** 貼克 密 奧特 兔 得 <u>伯歐</u> <u>給母</u>
你認為哪一隊會贏？	**Who do you think is going to win?** 戶 賭 油 幸克 以司 勾印 兔 <u>烏贏</u>

句型　　我是<u>西雅圖水手隊</u>的球迷。

I'm a Seattle Mariners fan.

愛母 惡 西雅圖 媽林呢司 <u>非嗯</u>

換個單字念念看

巴爾的摩金鶯隊	**Baltimore Orioles** 巴爾的摩 歐里歐司	紐約洋基隊	**New York Yankees** 紐 有克 洋<u>克</u>衣司
波士頓紅襪隊	**Boston Red Sox** 波士頓 瑞得 薩可死	坦帕灣魔鬼魚隊	**Tampa Bay Devil Rays** 坦帕 背 爹夫 銳司

Part
1
50個超好用句型

Part
2
日常簡單用語

Part
3
旅遊會話

多倫多藍鳥隊	**Toronto Blue Jays** 多倫多 不路 尖司
芝加哥白襪隊	**Chicago White Sox** 噓卡夠 懷特 薩克司
克里夫蘭印第安人隊	**Cleveland Indians** 克里夫蘭 印第歎恩司
底特律老虎隊	**Detroit Tigers** 低戳伊特 太格兒司
堪薩斯皇家隊	**Kansas City Royals** 堪薩斯 西替 弱有司
明尼蘇達雙城隊	**Minnesota Twins** 明尼搜達 兔因司
洛杉磯天使隊	**Los Angeles Angles of Anaheim** 樓衫局勒斯 歎恩酒司 歐夫 歎呢害
奧克蘭運動家隊	**Oakland Athletics** 奧克蘭 阿斯淚梯可司
西雅圖水手隊	**Seattle Mariners** 西雅圖 媽林呢兒司
德州游騎兵隊	**Texas Rangers** 貼可色司 潤九司

棒球賽	**baseball game** 背司伯 給母	三振	**strikeout** 司催克奧特
投手	**pitcher** 屁球兒	四壞球	**walk** 我可
捕手	**catcher** 卡球兒	盜壘	**steal** 司弟歐
打擊者	**batter** 背特	全壘打	**homerun** 厚母浪
經理	**manager** 媽尼九	再見全壘打	**walk off home run** 我可 歐福 厚母浪

➜ Topic 6 · 詢問中心

⑮ **看籃球比賽**　　　　　Track ◎**138**

句型　　我要去看籃球賽。

I'd like to go to a basketball game.

艾得 賴克 兔 夠 兔 惡 背司克衣伯 給母

換個單字念念看

美式足球賽	**football game** 夫特伯 給母	足球賽	**soccer game** 沙可 給母

棒球賽	**baseball game** 背司伯 給母	曲棍球賽	**hockey game** 哈克衣 給母
網球賽	**tennis match** 貼尼司 妹取	拳擊賽	**boxing match** 八克性 妹取
高爾夫球賽	**golf match** 勾福 妹取	賽車	**car race** 卡兒 瑞司

例句

你最喜歡哪個選手？	**Who is your favorite player?** 乎 以司 油兒 非福兒瑞特 撲淚兒
我是紐約尼克隊的超級球迷。	**I'm a big fan of the New York Knicks.** 愛母 惡 必哥 非嗯 歐夫 得 紐 有克 尼克司
能請你簽名嗎？	**May I have your autograph?** 妹 愛 黑夫 油兒 歐投古拉福
入口在哪裡？	**Where is the entrance?** 惠兒 以司 得 欸恩唇司
販賣場在哪裡？	**Where is the concession stand?** 惠兒 以司 得 肯沙訓 司參恩得

投籃！	**Shoot it!** 咻特 衣特
防守！	**Defense!** 低飛恩司
妙傳！	**Nice pass!** 耐司 配司
好球！	**Nice shot!** 耐司 蝦特

好用單字

傳球	**pass** 配司	大滿貫	**grand slam** 古瑞恩得 司拉母
工作人員	**official** 歐福衣休	得分	**score** 司夠兒
犯規	**foul** 發歐	觸地得分	**touchdown** 他去擋
灌籃	**slam dunk** 司拉母 檔克	18比20	**18 to 20** 欸聽 兔 團體

① 你臉色看起來不太好呢

Track ◎ **139**

你臉色看起來不太好。	**You don't look well.** 油 洞特 路克 餵歐
你怎麼了？	**What's wrong?** 華次 弱恩
我想我生病了。	**I think I'm sick.** 愛 幸克 愛母 夕可
我看你最好還是去看醫生。	**I think you had better to go to see a doctor.** 愛 幸克 油 黑得 貝特 兔 夠 兔 西 惡 達可特
麻煩你打911。	**Call 911, please.** 扣 奈嗯 萬 萬，普力司
醫院在哪裡？	**Where's the hospital?** 惠兒司 得 哈司屁投
醫生在哪裡？	**Where's the doctor?** 惠兒司 得 達可特
我沒關係，我只是需要休息一下。	**I'll be OK. I just need to rest.** 艾歐 比 歐克欸。愛 架司特 逆得 兔 銳司特
你有維他命C嗎？	**Do you have any vitamin C?** 賭 油 黑夫 宴尼 外特門 夕
你可以做雞湯給我吃嗎？	**Can you make me some chicken soup?** 肯 油 妹克 密 桑母 去肯 速普

我需要躺下來。	**I need to lie down.** 艾 逆得 兔 來 檔

➔ Topic 7 · **看病**

② **我要看醫生**　　　　　　Track ◎**140**

句型　　我要看<u>內科醫生</u>。

I'd like to see a medical doctor.

艾得 賴克 兔 西 惡 媚低扣 達可特

換個單字念念看

外科 醫生	**a surgeon** 惡 <u>社兒俊</u>	婦科 醫生	**a gynecologist** 惡 該呢卡樂局司特
小兒科 醫生	**a pediatrician** 惡 屁低惡翠訓	眼科 醫生	**an ophthalmologist** <u>欸恩</u> 阿普特媽樂局司特

➔ Topic 7 · **看病**

③ **我肚子痛**　　　　　　Track ◎**141**

句型　　我肚子痛。

I have a stomachache.

愛 黑夫 惡 司達門給可

換個單字念念看

頭痛	**a headache** 惡 黑的欸可	流鼻涕	**a runny nose** 惡 <u>弱昂尼</u> 諾司

背痛	**a backache** 惡 背克欸可	咳嗽	**a cough** 惡 扣福
牙痛	**a toothache** 惡 兔司欸可	喉嚨痛	**a sore throat** 惡 受兒 司弱特
耳朵痛	**an earache** 欸恩 衣兒欸可	食物中毒	**food poisoning** 父的 潑姨怎您
感冒	**the flu** 得 福路	腹瀉	**diarrhea** 代惡里阿
發燒	**a fever** 惡 福衣-福兒		

句型　我覺得渾身無力。

I feel weak.

愛 福衣歐 烏衣可

換個單字念念看

渾身發冷	**chilly** 去力	身體發熱	**feverish** 福衣-福兒里許
非常疲倦	**very tired** 飛里 太兒的	想吐	**sick** 夕可

句型	我在發冷。

I am cold.
愛 欸母 扣得

換個單字念念看

頭暈	**dizzy** 低記	對…過敏	**allergic to...** 惡樂局可 兔…
昏沉沉	**drowsy** 抓記	便秘	**constipated** 康司特配梯的

 例句

我感到渾身無力而且頭痛。	**I feel weak and have a headache.** 愛 福衣歐 烏衣可 欸恩得 黑夫 惡 黑的欸可
現在感覺好一點了。	**It's a little better now.** 以次 惡 力頭 貝特 鬧
可能這幾天我太累了。	**Maybe I'm too tired these days.** 妹比 愛母 兔 太兒 地司 爹司
希望你快點好起來。	**I hope you'll get well soon.** 愛 厚普 油歐 給特 餵歐 速嗯

謝謝你的關心。	**Thanks for your concern.** 仙渴死 佛 油兒 看社兒嗯
謝謝你那麼照顧我。	**Thanks for taking such good care of me.** 仙渴死 佛 貼克印 沙去 古得 克欸兒 歐夫 蜜
你有阿司匹靈嗎？	**Do you have any aspirin?** 賭 油 黑夫 宴尼 欸司普靈

好用單字

腸胃炎	**GI (gastrointestinal) infection** 局愛（給司綽因貼司特弄）因非可訓
心臟病發	**heart attack** 哈特 惡貼可
高血壓	**high blood pressure** 害 不拉特 普瑞-雪兒
哮喘	**asthma** 阿子麻
糖尿病	**diabetes** 代惡必弟司
骨折	**a broken bone** 惡 不肉肯 剝嗯
抽筋	**a sprain** 惡 司普瑞因

　我頭痛。

My head hurts.
麥 黑的 喝兒此

換個單字念念看

肚子	**tummy** 他秘		手臂	**arm** 阿兒母
腳	**foot / feet** 夫特 / 福衣特		喉嚨	**throat** 司弱特
背	**back** 背克		牙	**tooth** 兔司
手腕	**wrist** 瑞司特		脖子	**neck** 內可
耳朵	**ear** 衣兒		膝蓋	**knee(s)** 尼(司)
下背部	**lower back** 漏噁 背克			

④ 把嘴巴張開　　　　　Track ◎142

你有覺得什麼地方不舒服嗎？	**Do you feel any discomfort?** 賭 油 福衣歐 宴尼 低司砍福兒特
你不冷嗎？	**Aren't you cold?** 昂 啾 扣特
我沒有胃口。	**I don't feel like eating.** 愛 洞特 福衣歐 賴克 衣停
請躺下。	**Please lie down.** 普力司 賴 檔
這裡痛嗎？	**Does it hurt?** 得司 以特 喝兒特
把嘴巴張開。	**Open your mouth.** 歐噴 油兒 貓司
請張口說：「啊」！	**Please say "Ahh".** 普力司 誰 啊
讓我看看你的眼睛。	**Let me look at your eye.** 淚特 密 路克 欸特 油兒 愛

塗藥膏。	**Apply the ointment.** 惡普來 里 歐因特門特
我幫你開藥方。	**I'll write you a prescription.** 艾歐 弱愛特 油 惡 普司跪普訓
深呼吸。	**Take a deep breath.** 貼克 惡 低普 布銳司
我們需要幫你照X光。	**We need to take an X-ray.** 烏衣 逆得 兔 貼克 欸恩 欸渴死瑞
我可以繼續旅行嗎？	**Can I continue my trip?** 肯 艾 康梯牛 麥 催普
大約一星期就好了吧！	**You will get well in one week.** 油 烏衣歐 給特 餵歐 印 萬 烏衣可
我需要住院嗎？	**Do I need to be hospitalized?** 賭 艾 逆得 兔 比 哈司屁投來子的
需要（不需要）。	**Yes(No).** 也司（諾）

⑤ 一天吃三次藥　　Track 143

一天服用三次。	**Three times daily.** 素力 太母司 爹力
說明）寫在瓶子上的這裡。	**It's on the bottle here.** 以次 昂 得 巴頭 喝伊兒
每天要服用這個三次。	**Take this three times daily.** 貼克 力司 素力 太母司 爹力
飯後服用。	**Take this after meals.** 貼克 力司 阿福特 迷歐司
不要和果汁一起服用。	**Do not take it with juice.** 賭 那特 貼克 以特 位子 啾司
七日用藥。	**7 days of medication.** 誰吻 爹司 歐夫 媚低克欸訓
你有沒有對什麼藥物過敏嗎？	**Are you allergic to any medication?** 阿 油 惡淚兒局克 兔 宴尼 媚低克欸訓
把這藥膏塗在傷口上。	**Apply this ointment to the wound.** 阿普賴 力司 歐因特門特 兔 得 穩的

195

口服藥。	**Oral medication.** 歐落 媚低克欵訓
三歲以下的兒童用藥。	**For children under 3 years of age.** 佛 秋豬潤 昂得 素力 易兒司 歐夫 欵局
服用前請諮詢醫生。	**Consult a doctor before using.** 看收特 惡 達可特 比佛 憂心

好用單字

藥局	**pharmacy** 發門夕	阿司匹靈	**aspirin** 欵司普靈
感冒藥	**cold medicine** 扣得 媚得森	止痛藥	**pain killer** 配嗯 克衣了
退燒藥劑	**an antipyretic** 欵恩 欵恩梯派銳梯可	保險套	**a condom** 惡 康冬母
胃藥	**medicine for the stomach** 媚得深 佛 得 司達秘可	痰	**phlegm** 福淚母
消化藥	**a digestive** 惡 呆覺司梯服	汗	**sweat** 師為特
抗生素	**antibiotics** 欵恩太拜啊梯克司	腫脹	**swelling** 師為林

❻ 我覺得好多了

我覺得好多了。	**I feel much better.** 愛 福衣歐 罵取 貝特
我現在沒事了。	**I'm OK now.** 愛母 歐克欸 鬧
我復原得不錯。	**I'm doing fine.** 愛母 杜印 發因
我好多了。	**I'm better now.** 愛母 貝特 鬧
我現在覺得又是一條活龍。	**I'm as good as new!** 愛母 欸司 古得 欸司 紐
我壯得像頭馬(牛)。	**I'm as healthy as a horse.** 愛母 欸司 黑歐西 欸司 惡 厚兒司

① 我遺失了護照 Track ◎145

| 句型 | 我遺失了護照。 |

I lost my passport.
愛 漏司特 麥 趴司剖特

換個單字念念看

信用卡	**credit card** 克瑞滴特 卡兒得	飛機票	**flight ticket** 福來特 梯克衣特
鑰匙	**keys** 克衣司	項鏈	**necklace** 內可力司
照相機	**camera** 克欸門拉	手錶	**watch** 哇取
行李	**luggage** 辣哥衣局	眼鏡	**glasses** 哥拉西司

| 句型 | 我的皮夾被偷了。 |

My wallet was stolen.
麥 哇力特 哇司 司投冷

換個單字念念看

飛機票	**airline ticket** 欸兒來因 梯克衣特	筆記型 電腦	**laptop** 累普他普

Part
1
50個超好用句型

Part
2
日常簡單用語

Part
3
旅遊會話

提款卡	**ATM card** 欸 梯 欸母 卡兒得	皮包	**bag** 背哥
戒指	**ring** 玲	手機	**cell phone** 誰歐 鳳
手提箱	**suitcase** 速特 克欸司	錢	**money** 媽尼

➜ Topic 8 · **遇到麻煩**

② **我把它忘在公車上了**　　　　　Track ◎**146**

| 句型 | 我把它<u>忘在公車上</u>了。 |

I left it on the bus.
愛 淚夫特 以特 昂 得 巴士

換個單字念念看

在火車上	**on the train** 昂 得 翠因	在飯店裡	**in the hotel** 因 得 后貼歐
在桌上	**on the table** 昂 得 貼剖	在101房裡	**in room 101** 因 潤 萬歐萬
在計程車裡	**in the taxi** 因 得 貼克西	在收銀台上	**at the cashier** 欸特 得 卡許兒

不要跑！小偷！	**Stop! Thief!** 司達普！低福！
救命啊！我被搶了！	**Help! I've just been mugged!** 黑歐普！愛 架司特 逼因 罵歌得
天啊！我該怎麼辦？	**Oh, no! What shall I do?** 歐，諾！華特 休 愛 賭
我遇到了麻煩。	**I am having some trouble.** 愛 欸母 黑福印 桑母 出阿剝
我想有人拿去了。	**I think someone took it.** 愛 幸克 桑萬 兔可 衣特
你可以幫忙找嗎？	**Can you help me find it?** 肯 油 黑歐普 密 發因得 衣特
請幫助我。	**Would you help me, please?** 巫的 油 黑歐普 蜜，普力司
天啊！這真是棒呆了！（說反話）	**Oh, man! This is just great!** 歐，妹恩！力司 以司 架司特 古銳特
我該報警嗎？	**Should I call the police?** 咻得 愛 扣 得 剖力司
我裡面有大概三百美元。	**There was about 300 US dollars inside it.** 淚兒 哇司 惡抱特 素力航醉的 幽欸司 達了司 因賽 衣特

MEMO

Part
1
50個超好用句型

Part
2
日常簡單用語

Part
3
旅遊會話

擁抱國際背包客到世界公民，提升職涯價值

環球「薪」遊牧者

線上音檔
QR Code

玩轉英語會話

—直覺中文拼音＋秒懂句型—

▶ **QR英語Jump 09**

著者	**里昂**	
發行人	**林德勝**	
出版發行	**山田社文化事業有限公司**	
	臺北市大安區安和路一段112巷17號7樓	
	電話　02-2755-7622	
	傳真　02-2700-1887	
郵政劃撥	**19867160號　大原文化事業有限公司**	
總經銷	**聯合發行股份有限公司**	
	新北市新店區寶橋路235巷6弄6號2樓	
	電話　02-2917-8022	
	傳真　02-2915-6275	
印刷	**上鎰數位科技印刷有限公司**	
法律顧問	**林長振法律事務所　林長振律師**	
書＋QR Code	**定價　新台幣 320 元**	
初版	**2023 年 7 月**	

© ISBN：978-986-246-770-1
2023, Shan Tian She Culture Co. , Ltd.